María José Ferrada

KRAMP

Roman

Aus dem Spanischen
von Peter Kultzen

BERENBERG

Für D.

»Du schuldest mir immer noch zweihundert Dollar!«

Addie zu ihrem Vater in *Paper Moon*

I

D. begann seine Laufbahn als Eisenwarenvertreter – Nägel, Fuchsschwänze, Hämmer, Türklinken und Türspione, alles von der Firma Kramp.

Als er zum ersten Mal mit seinem Köfferchen in der Hand die Pension verlassen hatte, in der er wohnte, ging er achtunddreißig Mal an der Tür der größten Eisenwarenhandlung der Stadt vorbei, die damals noch ein Dorf war, wagte aber nicht, einzutreten.

Dieser erste Verkaufsversuch fand genau an dem Tag statt, an dem zum ersten Mal ein Mensch den Mond betrat. Die Bewohner der Stadt konnten das Ereignis dank eines Projektors mitverfolgen, den der Bürgermeister auf dem Balkon seines Büros aufgestellt hatte. Als Leinwand diente ein aufgespanntes Laken. Den nicht vorhandenen Ton ersetzte die Feuerwehrkapelle.

Als D. sah, wie Neil Armstrong auf den Mond trat, sagte er sich, dass mit Entschlusskraft und dem richtigen Anzug alles möglich war.

Darum gab er sich, als er am nächsten Tag zum neununddreißigsten Mal mit den blitzendsten Schuhen, die die Stadt je gesehen hatte, an der Tür der Eisenwarenhandlung vorbeikam, einen Ruck, ging hinein und präsentierte dem Verkäufer seine Waren – Nägel, Fuchsschwänze, Hämmer, Türklinken und Türspione, alles von der Firma Kramp.

Er verkaufte nichts, man sagte ihm aber, er solle in der nächsten Woche wiederkommen.

D. ging einen Kaffee trinken und notierte sich auf einer Papierserviette: »In jedem Leben kommt es irgendwann zur Mondlandung.«

Als D. seinem Vater später erzählte, dass der Mensch auf dem Mond gelandet sei, sagte der bloß, das sei pure Augenwischerei, Gott habe dem Menschen zwei Beine gegeben, damit er auf der Erde umhergehen könne, aber keine Flügel. Alles andere seien Lügengeschichten des Präsidenten der Vereinigten Staaten von Amerika.

Wie dem auch sei, in der nächsten Woche machte D. einen Riesenschritt im Namen seiner eigenen Menschlichkeit – er verkaufte ein halbes Dutzend Fuchsschwänze und ein ganzes Dutzend Türspione. Als er, die Bestellliste in seinem Köfferchen, aus der Eisenwarenhandlung trat, sagte er sich, jedes Glück, ob groß oder klein, habe es verdient, auf dem Hauptplatz einer Stadt auf eine Leinwand projiziert zu werden.

II

In den folgenden Wochen legte D. beim Reisevertreterregister drei Fotos und vier gestempelte Bescheinigungen vor. Zwei Wochen später konnte er seinen Ausweis mit der Nummer 13709 in Empfang nehmen.

Mit diesem Ausweis in der Tasche und der Provision, die er für den Verkauf von 2356 Fuchsschwänzen, 10 567 Nägeln, 3456 Hämmern und 1534 Türspionen erhalten hatte, erwarb er einen R4, mit dem er fortan die umliegenden Dörfer bereiste. Dabei folgte er den Ratschlägen eines alterfahrenen Vertreters. Genau genommen handelte es sich um einen Ratschlag und eine Feststellung.

Der Ratschlag lautete:

»Sowie du in ein Dorf kommst, musst du herausfinden, was das beliebteste Café ist und in welchem Hotel die anderen Vertreter absteigen. Normalerweise liegt beides nicht mehr als eine Querstraße von der Plaza und der beliebtesten Bar entfernt.«

(So sollte D. bald Mitglied einer mal größeren, mal kleineren Familie werden. Worin genau die Verwandtschaft zwischen ihren Angehörigen bestand, ließ sich nie ermitteln, eben deshalb war sie jedoch um einiges erträglicher als alle herkömmlichen Familien. Zu ihr gehörten:

Der Vertreter für chinesische Plastikbehälter.

Der Vertreter für Parker-Füller und -Kugelschreiber.

Der Vertreter für englische Duftwässer.

Sowie alle übrigen Vertreter.)

Die Feststellung besagte:

»Alle Dörfer sind gleichermaßen beschissen.«

Das liegt in ihrer Natur, und gegen die Natur der Dinge lässt sich nichts ausrichten.

III

Nach und nach formulierte D. seine eigene Erkenntnislehre. Dabei teilte er in einem ersten Schritt sämtliche Ereignisse des menschlichen Lebens in zwei Gruppen auf, die wahrscheinlichen und die unwahrscheinlichen.

Wahrscheinlich war, dass er in dieser Woche siebzehn Kundenbesuche absolvieren würde. Wahrscheinlich war auch, dass zehn Kunden ihm etwas abkaufen würden. Und es war wahrscheinlich, dass es regnen würde, denn es war Winter.

Unwahrscheinlich war – und das rief D. sich, vor dem Spiegel stehend, immer wieder ins Gedächtnis –, dass ein zu achtzig Prozent aus Kramp-Produkten errichtetes Haus bei einem Erdbeben oder Wirbelsturm einstürzte.

Unwahrscheinlich war auch, dass eine Frau, die wegen eines Busstreiks zur Universität trampen musste, genau an der Ecke den Daumen heraushielt, an der D. in seinem R4 vorbeikam.

Genau dies geschah jedoch am 13. November 1973.

D. fand, diese Frau sei die schönste Frau der Welt. Und die Frau, die schon seit längerem nicht mehr gelacht hatte, fand D. unterhaltsam und amüsant.

Ein Jahr später, am 13. November 1974, heirateten die beiden. Als sie aus dem Standesamt kamen, bat D. seine Frau, einen Augenblick zu warten. Er besorgte sich eine Serviette und notierte darauf, dass das soeben Geschehene (die Hochzeit) einer Untergruppe seiner Aufteilung sämtlicher möglicher Ereignisse des menschlichen Lebens zuzuordnen sei, und zwar den »wirklich unwahrscheinlichen«. (Beziehungsweise »den Ereignissen, die den Gedanken nahelegen, dass es eine Art Gott gibt«.)

IV

D. und die schöne Frau bauten ein Haus aus lauter Kramp-Produkten und bekamen wenig später eine Tochter, die sie M. nannten. M. bin ich.

Schon bald hatten meine Eltern einen Lehrplan zusammengestellt, der es mir ermöglichte, alles zu lernen, was ein Kind braucht, um auf dieser Welt zu leben.

So fing ich früh an, die Dinge in unterschiedliche Gruppen aufzuteilen.

Im ersten Lebensjahr lernte ich zum Beispiel, dass es etwas gibt, was man Tag nennt, und etwas, was man Nacht nennt, und dass alles, was einem im Leben passiert, in einer der beiden Gruppen Platz findet.

Im zweiten Jahr lernte ich, zum Fenster hinauszusehen. Meine Eltern sagten mir dazu, dass ich im Laufe meines Lebens viele Dinge hinzugewinnen und viele verlieren würde. Ich solle mir deshalb aber keine Sorgen machen – die Welt jenseits des Fensters werde stets vorhanden sein.

Im dritten Jahr lernte ich, dass es Menschen mit unterschiedlichen Persönlichkeiten gibt. Wiederum mithilfe des Fensters erklärten meine Eltern mir, dass es Sommer- und Wintermenschen gebe. Was genau das heißen sollte, weiß ich bis heute nicht.

Im vierten Lebensjahr trat ich auf den Hof unseres Hauses hinaus und entdeckte die Glühwürmchen. Ich beschloss, dies als ein einzigartiges Ereignis zu betrachten, das sich keiner Gruppe zuordnen ließ. Die Glühwürmchen, die leuchteten und leuchteten.

V

Mit sieben (und zwar an einem Frühlingstag, das weiß ich noch, weil diese Erinnerung, sobald sie in mir aufsteigt, unweigerlich in warmes Gelb getaucht ist) hörte ich zum ersten Mal die Geschichte von der Mondlandung und die Lehre, die daraus zu ziehen war: Mit blankgeputzten Schuhen und dem richtigen Anzug kann man alles erreichen. Um mich über den wahren Charakter des Lebens aufzuklären, fügte D. allerdings hinzu, ein bisschen Glück brauche es dafür schon auch.

Noch am selben Tag brachte ich meine Lackschuhe mit einer Bürste auf Hochglanz, zog mir ein grünes Kleid und dazu passende grüne Strümpfe an und erklärte mich mit sofortiger Wirkung zu D.s Reisevertretergehilfin.

Ich betrat den Hof, zündete mir eine Zigarette an und zog langsam daran. Die Zigarette hatte ich D. geklaut, er schlief regelmäßig ein, wenn er abends vor dem Fernseher saß und rauchte.

VI

Von D. hatte ich die Eigenschaft geerbt, unglaublich hartnäckig sein zu können. Weshalb ich schon eine Woche später mit in den R4 stieg, der inzwischen auf beiden Seiten das Markenzeichen der Firma Kramp zur Schau stellte. Anschließend machten wir uns auf den Weg in ein nahegelegenes Dorf.

Dort angekommen, parkten wir an der Plaza, und D. gab mir folgende Anweisungen:

1. Ich solle stets lächeln.
2. Falls mir langweilig werde, könne ich ein bisschen umherspazieren, ich dürfe mich aber nicht weiter als eine Querstraße von der Plaza entfernen.
3. Falls die Verkäufer mir eine Schokolade oder was auch immer schenkten, solle ich mich höflich bedanken.

Außerdem versprach er mir, dass wir, falls wir gut verkauften oder die Rechnung vom Vormonat bezahlt bekämen, anschließend ins Café gehen würden.

Wir suchten drei Läden auf, die Kramp-Produkte, aber auch Süßigkeiten, Spielzeug, Knöpfe, Zeitschriften, Duftwässer und Küchentücher verkauften.

Schon nach wenigen gemeinsamen Fahrten hatte ich gelernt, dass in einem Dorfladen die unterschiedlichsten Dinge eine Art Bruderschaft eingehen können. Seitdem halte ich beim Blick in ein Schaufenster jedes Mal unweigerlich nach Dingen Ausschau, die scheinbar nicht das Geringste miteinander zu tun haben, und versuche, eine Beziehung zwischen ihnen herzustellen. Falls mir das gelingt, heißt das, dass ich einen Glückstag haben werde. (Ein Bleistift - aus Holz - und ein Metallgriff sind deshalb miteinander verbunden, weil der Griff eines Tages an einer Tür angebracht werden wird. Einer Tür aus Holz. Bleistift - Holz, Holz - Tür. Bingo!)

An diesem Tag verkauften wir dreihundert Fuchsschwänze und bekamen zwei Rechnungen vom Vormonat bezahlt.

Außerdem schenkte man mir eine Rätselzeitschrift und eine Dose Ananas, wofür ich mich höflich bedankte.

Anschließend gingen wir ins Café. So wurden wir zu Gesellschaftern.

VII

Alles, was danach geschah, war möglich, weil meine Mutter nicht da war. Was nicht heißen soll, dass sie oft nicht zu Hause war, vielmehr hatte ein Teil von ihr ihren Körper verlassen und weigerte sich, zurückzukehren.

Dieser Teil meiner Mutter war womöglich eine Astronautin, die, unterwegs im Weltall, D. begegnet war (der sich seit der Mondlandung angewöhnt hatte, in regelmäßigen Abständen zum Himmel aufzusehen). Die Astronautin hatte daraufhin beschlossen, wenn sie schon zur Erde zurückkehre, dann bei D. unterzuschlüpfen. Beziehungsweise bei D. und mir.

So eine Erdlandung ist aber gar nicht so einfach – meine Mutter hatte davon auf dem linken Auge einen blinden Fleck zurückbehalten.

Und dieser blinde Fleck blendete alles aus, was mit meinem »Doppelleben«, wie ich selbst es nannte, zu tun hatte.

Einer vollständigen Mutter wäre das nicht passiert.

War meine Mutter deshalb verantwortungslos?

Ich glaube nicht, ich glaube vielmehr, dass das Leben ein wenig verantwortungslos mit ihr umgegangen war.

VIII

Schon bald sagte ich mir, dass meine Fahrten mit D., die normalerweise einen Tag dauerten, so etwas wie Praxisstunden waren und damit Teil des Schulunterrichts.

D. und meine Mutter hatten sich darauf geeinigt, dass ich ihm als Reisevertretergehilfin zur Seite stehen könne, aber nur nach der Schule oder in den Ferien. Und dass wir, an egal welchem Tag, spätestens um neun Uhr abends wieder zu Hause sein müssten.

Auf Verabredungen hatte D. jedoch noch nie allzu viel gegeben – meine Mutter auch nicht –, weshalb wir das Schultor morgens meistens einfach links liegen ließen und das nächste Dorf ansteuerten.

Da ich so viel über Kramp-Produkte zu hören bekam, fing ich an, mir mit ihrer Hilfe zu erklären, wie die Welt funktioniert. Während meine Klassenkameraden also Gedichte über Bäume oder die Sommersonne schrieben, verfasste ich Loblieder auf Türspione, Kneifzangen und Fuchsschwänze.

Oder ich dachte mir Apparate wie die »Addiermaschine« aus. Diese bestand aus einem Sperrholzrahmen, Nägeln und Schraubenmuttern. (Und funktionierte genau wie ein herkömmlicher Abakus. Trotzdem sprach ich von »Addiermaschine«.)

Als wir einmal mit der Schule ins Zeltlager fuhren und nachts den Sternenhimmel betrachteten, erklärte ich meinen Klassenkameraden, die gerade versuchten, sich mithilfe des Kreuzes des Südens zurechtzufinden, dass das, was da oben leuchtete, keine Sterne seien, sondern Drei-Zoll-Heftzwecken, an denen der Große Zimmermann alles vom Himmel herabhängen lasse. Auch uns.

Damit will ich sagen, dass jeder Mensch sich die Funktionsweise der Welt mit dem erklärt, was er gerade zur Hand hat. Und meine hatte ich, im Alter von sieben Jahren, ausgestreckt und einen Kramp-Katalog zu fassen bekommen.

IX

Eisenwarenhandlungen

Jede Konstruktion ist eine Summe aus Einzelteilen, die durch Konnektoren verbunden sind.

D. hatte mir die Sache so erklärt: Sämtliche Gebäude, selbst die größten, stützen sich auf ein Gerüst, das durch Schrauben zusammengehalten wird. Anders gesagt:

1. Das Große und das Kleine ergänzen sich.
2. Eine einzige Schraube, die nicht ordentlich festsitzt, kann das Ende der Welt herbeiführen. Das wegen ihr einstürzende Gebäude reißt das danebenstehende mit, und dieses, infolge eines schrecklichen Dominoeffekts, das nächste. Bis irgendwann die ganze Stadt, alle Länder und zuletzt die gesamte menschliche Zivilisation in Schutt und Asche liegen.

Die Funktionsweise kompletter Ökosysteme, das Gesetz von Ursache und Wirkung, die Relativitätstheorie – »alles lässt sich erklären, wenn man die Schubfächer in einer Eisenwarenhandlung aufzieht«, hatte D. gesagt. »Oder man nimmt die Sägen und Hämmer dafür, die dort an der Wand hängen«, hatte er hinzugefügt.

Alle anderen

Wie der alterfahrene Vertreter gesagt hatte, bildeten das Café und die Bar (zu der ich allerdings keinen Zutritt hatte) das Zentrum des Universums, um das der Planet der Reisevertreter kreiste. Niemand wäre auf die Idee gekommen, sich eigens zu verabreden, um sich hier zu treffen. Alle wussten vielmehr, dass sich sämtliche Vertreter zu bestimmten Uhrzeiten an jeweils einem dieser Orte einfanden, um gemeinsam ihr verfluchtes Schicksal zu beklagen.

Das Café war eine Sonne ganz eigener Art, und wer dort unter den Tisch geblickt hätte, hätte viele übertrieben blank geputzte schwarze Schuhpaare, die entsprechende Anzahl von Köfferchen sowie ein Paar vom Stuhl baumelnder weißer Schuhe entdeckt. Letzteres gehörte mir.

Ich genoss es, den Zigarettenrauch einzuatmen und mitzuerleben, wie die Vertreter einen Kaffee nach dem anderen bestellten.

Und immer wieder dieselben Lügengeschichten erzählten.

C.s Geschichte

C. hatte bei einer Frau einen tödlichen Herzinfarkt verursacht, indem er ihr auf einen Schlag eine Million Nadeln zukommen ließ. Der Ort, wo sie eine Eisenwarenhandlung betrieb, hatte nicht mehr als tausend Einwohner, weshalb die Frau, als sie sah, wie vor ihrem Geschäft ein Lastwagen hielt und der Fahrer anfing, die Ware auszuladen, einfach zu atmen aufhörte und tot umfiel.

Dass Bestellungen nicht korrekt aufgenommen wurden, war die Regel. Sie wurden aufgebläht – bestellte jemand ein Dutzend wovon auch immer, konnte man davon ausgehen, dass er etwas mehr wovon auch immer bekam. Der Vorteil solcher Ungenauigkeit (zu der auch gehörte, dass man möglichst nie etwas unterschrieb, also auch den Bestellzettel nicht) lag auf der Hand, ihn sich zunutze zu machen gehörte zu den Grundregeln des Vertreterlebens und des Lebens an und für sich.

Die Sache mit den Nadeln hatte sich vor langer Zeit zugetragen, die Vertreter wurden aber nicht müde, sie zu erzählen.

Als ich die Geschichte zum ersten Mal hörte, hatte ich Mitleid mit der Verstorbenen, schon bald musste ich jedoch lächeln, bis ich schließlich laut auflachte und Beifall klatschte, der sich mit dem Rauch und dem Gelächter der anderen verband.

F.s Geschichte

F.s Geschichte war ganz einfach. Er war in ein Dorf gekommen und hatte dort ein Fass Rum getrunken.

Dann hatte er einen Zug bestiegen und es sich zu einem Mittagsschläfchen bequem gemacht, um beim Aufwachen festzustellen, dass er sich immer noch in dem Dorf befand, von dem er aufgebrochen war. Die Uhrzeit war ebenfalls unverändert, nur das Datum war um einen Tag vorgerückt. Abgesehen von einem

Tag seines Lebens hatte F. bei diesem Abenteuer sein Vertreterköfferchen wie auch seinen Reisekoffer verloren.

Jedes Mal, wenn er die Geschichte erzählte, fragten die anderen, ob er die Karte für die Rückfahrt bezahlt habe oder nicht. Bevor sie erneut in schallendes Gelächter ausbrachen.

Ich stellte es mir als eine Art Rundreise vor – der Zug, in dem F. saß, umkreiste einmal vollständig einen Planeten in Form eines Fasses.

S.s Geschichte

Einmal hatte S. am Abend ein verfluchtes Dorf (so drückte er sich jedes Mal aus: ein verfluchtes Dorf) hinter sich gelassen und war kurz darauf mit seinem Citroën, einer Ente, an ein Brückengeländer geprallt. Wie zu erwarten gab das Geländer nach, und S. stürzte in den Fluss. Bei dem Aufschlag zerfiel S.s Ente in tausend Stücke. Er selbst trieb bewusstlos auf einer der Autotüren davon.

Mehrere Stunden oder auch Tage später landete er am Ufer eines anderen Dorfes, »das nicht nur verflucht, sondern auch bitterarm war«. Die Dörfler trugen S., der immer noch bewusstlos war und bei dem Unfall sämtliche Kleider verloren hatte, in ein Haus, wo sie versuchten, ihn wieder zu sich zu bringen. Da es ihnen nicht gelang, zogen sie ihm die Kleider einer Vogelscheuche an und brachten ihn in ein Krankenhaus, wo er Wochen später das Bewusstsein wiedererlangte.

Als S., um zehn Kilo abgemagert und immer noch mit den Sachen einer Vogelscheuche am Leib, wieder nach Hause kam, erkannte ihn sein eigener Hund nicht, und seine dritte Frau war mit einem Apotheker durchgebrannt. »Auf einen Schiffbruch folgt nämlich unweigerlich der nächste«, wie S., mein Lieblingsvertreter, abschließend sagte.

Allerdings erzählte S. die Geschichte jedes Mal ein wenig anders. Statt der Autotür hatte ihm bald ein Reifen, bald ein zufällig vorbeitreibender Baumstamm das Leben gerettet. Und an die Stelle der Kleider einer Vogelscheuche traten bald ein Vorhang, bald die Kleider eines Toten oder eine Überdecke.

X

So verging die Zeit, und ich steckte D. immer wieder Briefe in sein Köfferchen, auf denen Sachen standen wie:

»Ich bin gern deine Reisevertretergehilfin.«

Darunter zeichnete ich Blumen und »Schicksalskäfer«.

D. antwortete mit Briefen, in denen zum Beispiel stand:

»Wie schön!«

Und darunter zeichnete er kleine Fische und Wale.

XI

Der Familie der Reisevertreter schlossen sich manchmal eine Art Verwandte zweiten Grades an: Leute, die es auf eine kostenlose Mitfahrgelegenheit abgesehen hatten.

Diese Leute ließen sich wiederum zwei verschiedenen Gruppen zuordnen: der der Idealisten, die sich vom Glauben an Zusammenarbeit und Solidarität leiten ließen, und der der Knauser, die bereit waren, während der gesamten Fahrt unaufhörlich zu reden, solange sie sich dadurch die Kosten sparen konnten, die ihnen durch eine Bus- oder Zugfahrkarte entstanden wären.

Welcher der beiden Gruppen E. angehörte, konnte ich bis zuletzt nicht entscheiden, also wies ich ihm einen Platz irgendwo dazwischen zu.

E. arbeitete als Filmvorführer im Universitätskino.

Er führte die Filme aber nicht nur vor, sondern beschaffte sie auch und war außerdem zuständig dafür, den Kinosaal auf- und wieder zuzuschließen. Seine fünfte Aufgabe bestand darin, Eintrittskarten zu verkaufen. Die meisten betraten das Kino jedoch ohne Karte. Was E. egal war, ging es ihm doch nicht ums Geld – er war nicht der Betreiber des Kinos –, sondern darum, dass es

Leute gab, mit denen er sich nach der Vorführung über den Film austauschen konnte.

So lernten sich er und D. auch über den Film *2001: Odyssee im Weltraum* kennen. D. war eigentlich kein ausgeprägter Kinoliebhaber, manchmal musste er aber einfach »unbedingt« einen Film sehen. So drückte er sich jedenfalls aus. Bei den Filmen, die er »unbedingt« sehen musste, handelte es sich für gewöhnlich um Kriminal- oder Boxerfilme. Angesichts des um den Mond kreisenden Raumschiffs, das auf dem Plakat zu sehen war, mit dem Kubricks Film angekündigt wurde, hatte D. jedoch eine Offenbarung: Er, und nicht das Raumschiff, schwebte dort durch den Weltraum. Und die Erde war von da oben nicht mehr als ein Punkt, eine der vielen Heftzwecken, die verloren in dem vom Großen Zimmermann errichteten Holzgerüst, der Nacht der Zeiten, steckten. Gleichzeitig waren alle diese Heftzwecken jedoch dazu verdammt, sich voneinander zu entfernen. Ihre Verbindung aufzulösen. Immer weiter zu ziehen, weiß Gott wohin, bis sie einander aus den Augen verloren und verschwanden. Sie sahen sich den Film dreimal hintereinander an. Das war nämlich noch so ein Vorteil von E.s Kino: Wollten die Zuschauer einen Film ein zweites Mal sehen, führte E. ihn einfach noch einmal vor. Dafür war E. schließlich der Vorführer, und zumindest in dieser kleinen Welt voller unbequemer Sessel hatte er das Sagen.

Nach der dritten Runde schlossen sie das Kino ab und gingen in eine Bar. Dort sprachen sie über Politik, obwohl man eigentlich besser nicht darüber sprach. Und wo sie schon einmal dabei waren, sprachen sie auch über Religion.

Nachdem sie auf diese Weise miteinander vertraut geworden waren, fing D. an, von Kramp-Produkten zu erzählen, woraufhin E. sagte, seine eigentliche Leidenschaft gelte nicht dem Kino, sondern der Schwarz-Weiß-Fotografie.

Bei der dritten Flasche Wein sagte E. schließlich, es gebe da ein Dorf, wo er »unbedingt« einmal ein paar Fotos machen wolle, ein Gespensterdorf, das auf der Strecke liege, die D. jede Woche mit seinem R4 entlangfahre. (Vom Mond aus betrachtet, sah der R4 wie ein stillstehender Punkt auf einer Geraden aus.)

XII

Schon bald gingen wir bei der Arbeit geradezu systematisch vor.

Bei der Ankunft in einem Ort überprüften wir zuallererst, ob unsere Schuhe blitzblank waren. Für den gegenteiligen Fall lag in D.s Handschuhfach eine Bürste bereit. Dann zündeten wir uns jeder eine Zigarette an. Die Glückszigarette. Erst danach machten wir uns auf den Weg zur nächsten Eisenwarenhandlung.

Das Recht auf diese Zigarette hatte ich mir im Lauf von drei oder vier Monaten erworben, in denen D. sich davon hatte überzeugen können, dass es ziemlich wirkungsvoll war, wenn ich an seiner Seite vor einer Ladentheke stand.

»Deine Mutter darf nichts davon erfahren.«

»Natürlich nicht«, sagte ich und ließ eine kleine Rauchwolke aus meinem Mund entweichen.

In jeder Eisenwarenhandlung spielte sich die gleiche Szene ab, vor drei möglichen Hintergründen: Alles war gut; alles war mehr oder weniger gut; alles war schlecht. Was wiederum davon abhing, wie sich die Kramp-Produkte seit dem vorhergehenden Besuch geschlagen hatten.

1. Bei der Lieferung wie auch beim Verkauf hatte es keinerlei Probleme gegeben – alles war in Ordnung. In diesem Fall kassierte D., verkaufte neue Ware und ich bekam irgendein billiges Geschenk.
2. Bei der Lieferung hatte es keine Probleme gegeben, dafür aber beim Verkauf – alles war mehr oder weniger gut. Für solche Fälle hatte D. stets einen mehr oder weniger passenden Spruch parat: Alles nur eine Frage der Zeit. Man muss es nehmen, wie es kommt. Immer mit der Ruhe. Woraufhin wir so schnell wie möglich den Laden verließen.
3. Bei der Lieferung hatte es Abweichungen von der Bestellung gegeben – alles war schlecht. Die mangelnde Übereinstimmung war normalerweise von D. bewusst herbeigeführt worden. Zu manchen Zeiten wurde der Verkauf bestimmter Produkte von der Firma nämlich mit besonderen Anreizen versehen: So gab es im Mai eine Schraubenmutter-Aktion, im Juni eine Hammer-Aktion, im Juli eine Kreuzschlitzschraubenzieher-Aktion. Die Gekränktheit der Betroffenen bemaß sich danach, wie oft es zu derartigen Abweichungen gekommen und welcher Art diese gewesen waren, schließlich war es nicht dasselbe, ob man zu Beginn des Winters oder des Sommers zweitausend Regenschirme zu viel geliefert bekam.

Wie dem auch sei, vor allem im letzten Fall war mein Einsatz gefragt. Denn wenn man jemanden als schamlosen Betrüger beschimpfen wollte, machte es durchaus einen Unterschied, ob der Betroffene nur ein Vertreterköfferchen in der Hand hielt oder ob er mich an der anderen Hand hielt.

Ich sagte allerdings kein Wort, sah den Verkäufer bloß durchdringend an.

Auf der Bühne eines anderen Lebens hatte ich mir verschiedene Arten zu schauen angeeignet: Ich beherrschte den gleichgültigen Blick, den sanft melancholischen Blick, den gelangweilten und den verzweifelten Blick. Und falls keiner davon half, gab es noch den Blick, der erkennen ließ, dass ich kurz davorstand, in Tränen auszubrechen. Seine Durchschlagskraft war unvergleichlich. Richtete der Verkäufer seinen Blick auf meine Pupillen, fand er dort nicht mich, sondern alle nur denkbaren Formen der Zerbrechlichkeit vor – den Hunger der Welt, die wunderschönen Schneemänner, die sich allen Anstrengungen zum Trotz zuletzt unweigerlich wieder in Wasser auflösten, oder die Hündin Laika, die sich in der endlosen Nacht des Weltraums unaufhörlich um sich selbst drehte. All dies hatte sich die zwei winzigen dunklen Kreise in meinen Augen zum Lebensort erkoren, zeichnete sich das Leben doch eben dadurch aus, dass es dunkel und winzig war. Das wissen Sie, und D. weiß es auch, und ich mit meinen gerade einmal sieben Jahren weiß es sowieso – wie kommen Sie unter diesen Umständen auf die Idee, D. wegen ein paar Nägeln oder Schrauben zu viel zu beschimpfen? Hören Sie sofort auf, Schluss mit dem Unsinn, lassen Sie das schleunigst sein!

Sagte ich, aber nur innerlich, zu mir selbst, denn mir war klar, dass ein einziges Wort den gesamten dramatischen Effekt, dessen gezielten Einsatz ich mir innerhalb weniger Monate antrainiert hatte, zunichtemachen konnte.

Nachdem wir etwa ein Jahr in dieser Weise auf den Straßen unseres Landes unterwegs gewesen waren – insgesamt ungefähr die Hälfte meiner gesamten Vertreter-Karriere –, forderte ich D. auf, mir ab sofort eine meiner Begabung entsprechende Provision zuzugestehen. Was angesichts meiner täglichen Bemühungen nur gerecht war – entweder übte ich vor dem Spiegel, oder ich nahm meine Klassenkameradinnen als Versuchskaninchen, indem ich ihnen mithilfe derselben wortlosen Methode die Freundschaft aufkündigte, um sie anschließend im Tausch für ein Pausenbrot oder eine Zeitschrift wiederaufzunehmen.

Bevor ich weitererzähle, muss ich etwas klarstellen: Es ging mir nicht nur um materielle Vorteile. Ebenso trieb mich der früh erwachte Drang, die Schwächen des menschlichen Herzens bloßzulegen – ich hatte es auf Gerechtigkeit abgesehen.

Meine im Mathematikunterricht erworbenen Kenntnisse anwendend, fügte ich hinzu:

»Ich will meinen Anteil – ein Zehntel.«

»Vergiss es.«

Da ich nicht genau wusste, wie man sonst noch dividieren konnte, erwiderte ich:

»Dann will ich jedes Mal, wenn du hundert Pesos verdienst, sieben Pesos abhaben.«

»Vergiss es.«

»Dann eben fünf. Sonst komm ich nie wieder mit.«

Ich weiß noch, dass wir gerade in einem Café saßen und D. von den gelben Karteikarten, auf denen er die Bestellungen festhielt, auf- und mich ansah. Offensichtlich versuchte er einzuschätzen, wie ernst meine Worte gemeint waren. Gleichzeitig war er bemüht, sich Rechenschaft über die gegenwärtige Lage der Kinder auf dieser Welt abzulegen. Hätte er sich auf mein Angebot eingelassen, hätte er sich automatisch in jemanden verwandelt, der ein Kind für sich arbeiten ließ, und Kinderarbeit war damals schon seit langem verboten. Andererseits gab es da diesen Herrn Einstein, der der Welt erklärt hatte, alles sei relativ. Das hatte zwar keiner von uns verstanden, wenigstens der Name seiner berühmten Theorie war aber dennoch hängengeblieben.

Dass ich nicht mit Geld in der Tasche zu Hause erscheinen konnte, stimmte, es hätte sofort die Aufmerksamkeit meiner Mutter auf sich gezogen, die, das Knäuel entwirrend, bis zu der Tatsache vorgedrungen wäre, dass ich nicht zur Schule gegangen und D. seiner Verantwortung nicht nachgekommen war.

Ich konnte also nicht mit Geld zu Hause erscheinen, es gab jedoch eine andere Möglichkeit:

»Ich schlage dir ein Tauschgeschäft vor.«

»Und wie soll das aussehen?«

»Du bekommst von mir kein Geld, aber jedes Mal, wenn wir Waren für mehr als hunderttausend Pesos absetzen, kaufe ich dir etwas.«

»Gut, einverstanden.«

Auf der nächsten Reise hatten wir Bohrer im Sonderangebot dabei. Wie verkauften viele, viele wunderschöne Bohrer, so viele, dass man ein ganzes Dorf, ja, die ganze Welt, ja, eine Galaxie damit hätte anfüllen können. So kam es mir wenigstens vor.

Das Erste, was ich daraufhin von D. verlangte, war genau so ein Köfferchen, wie er es hatte, bloß in Gelb. Ich hatte es in einem Spielwarengeschäft gesehen.

Als wir dort ankamen, war es nicht mehr da. Zum Trost kaufte D. mir einen kleinen Arztkoffer. Er war aus Plastik und in der Mitte mit einem weißen Kreuz verziert. Von da an hatte ich ihn immer dabei, wenn ich mit D. auf Reisen ging. Er verhalf meinen Auftritten zu noch größerer Durchschlagskraft.

Schon bald gesellte sich zu dem Koffer ein Satz Puppen in den Trachten ihrer jeweiligen Heimatländer, außerdem ein grüner Mantel mit einer Brosche, eine gelbe Micky-Maus-Thermoskanne, eine Schirmmütze, eine Schwimmweste und ein weiteres Dutzend Gegenstände, die ich unter der Rubrik »Einnahmen« in dem Notizbuch verzeichnete, das ich jederzeit bei mir trug.

Mit acht Jahren war mir klar, dass D. als Vater nicht viel hermachte, aber dafür war er ein großartiger Arbeitgeber.

XIII

Eine Woche nachdem er sich dreimal hintereinander *2001: Odyssee im Weltraum* hatte ansehen dürfen, stattete D. dem Kino erneut einen Besuch ab. Und sagte zu E.:

»Das Dorf, für das du dich interessiert, ist zwar weder Teil der eroberten noch der zu erobernden Gebiete, aber ich kann dich morgen hinbringen.«

»Wie meinst du das?«

»Es gibt dort keine Eisenwarenhandlung.«

»Das heißt ...?«

»Keine Sorge. Morgen um Punkt zehn warte ich im Auto hier vor der Tür.«

Rückblickend betrachtet, hätte eigentlich D. sich Sorgen machen müssen. Machte er aber nicht, und so holte er E. um Punkt zehn ab und ließ ihn später auf der Plaza des Geisterdorfs aussteigen, zu dem er ihn in den folgenden Monaten noch oft bringen sollte.

Während E. fotografierte und Erkundigungen einzog, war D. damit beschäftigt, den Nachbarort mit Schlössern und Schraubenmuttern anzufüllen. Anschließend las er E. wieder auf.

Auf der Rückfahrt sprachen sie über alles Mögliche. Unter anderem teilte E. D. mit, dass eine ausländische Zeitung Interesse an seinen Fotos bekundet habe.

Da das Ausland für D. aber viel zu weit weg war, wechselten sie das Thema und sprachen über den Film, der in der nächsten Woche in E.s Kino laufen sollte: *Wer die Nachtigall stört*, mit Gregory Peck in der Hauptrolle.

XIV

Die Vertretertätigkeit diente dem Zweck, das Überleben zu sichern, genau wie die Ausübung aller anderen Berufe. Wie in den meisten Berufen sicherte die Arbeit als Vertreter das Überleben aber nicht bis zum Monatsende, sondern nur bis ungefähr zur Monatsmitte. Von da an sah sich der Herr Vertreter gezwungen, auf Freunde, Monatsgutschriften, Leihhäuser oder, schlimmstenfalls, Kredithaie zurückzugreifen. Allen ging das so, D. auch.

Ergänzt wurden diese Hilfsmittel durch diverse Tricks und Kniffe, die ausnahmslos dem Hauptzweck dienten: das Überleben zu sichern.

Je nach Branche wurden unterschiedliche Tricks und Kniffe angewandt, und das täglich. Bei den Vertretern funktionierte die Sache ungefähr so:

Bons und Quittungen

Damit ließ sich in Cafés, Restaurants und sogar Hotels arbeiten. In Letzteren war ihr Einsatz besonders lohnend. Es war ganz einfach: Die Bons und Quittungen wurden für einen Kaffee zum Preis von zweien ausgestellt, für ein Mittagessen zum Preis von zweien und für eine Übernachtung zum Preis von zweien. Damit kam deine Firma, ohne es zu merken, nicht nur für deine, sondern auch für die Unkosten deiner Begleitung auf.

Da dies nur durch geheime Absprache der Beteiligten möglich war, fand der Trick für gewöhnlich in Cafés, Restaurants oder Hotels Anwendung, die regelmäßig von Vertretern aufgesucht wurden.

Manche verfeinerten die Methode. Ich weiß noch, dass es ein Hotel gab, das zusätzlich ein Bekleidungsgeschäft betrieb. Pullover, Mäntel, Stiefel, Hemden und Krawatten gelangten dort zum Preis von drei Übernachtungen in die Hände ihrer glücklichen neuen Besitzer, die in Wirklichkeit nur eine Nacht in dem Hotel verbracht hatten.

Auch wir verließen diesen Ort neu eingekleidet und im Hochgefühl unseres Erfolgs. Trotzdem handelte es sich hier nicht um Diebesgut, im Gegenteil, auf diese Weise sicherten wir uns bloß einen winzigen Anteil der Beute, die allen Menschen in ihrem Kampf gegen das unterdrückerische System zusteht. So hatten es die Intellektuellen formuliert, die den Arbeitern dieser Welt durchs Caféfenster bei der Arbeit zusahen. Wir, die wir andere Cafés frequentierten, waren zu solchen Formulierungen nicht imstande, dennoch wussten wir im Grunde unserer gleichermaßen winzigen Herzen, dass dem tatsächlich so war: Hier handelte es sich nicht um Diebesgut. Und falls doch, war es uns auch egal.

Mautgebühren

Was die Spesenerstattung anging, so wies sie ein grundlegendes Problem auf: Man musste die Ausgaben nachweisen.

D. war verpflichtet, jede Woche eine Auflistung sämtlicher Restaurant- und Hotelkosten sowie – was der heikelste Punkt war – Mautgebühren samt Belegen an die Zentrale zu schicken.

Heikel deshalb, weil es zwar ein ganzes Netz von Hotels und Restaurants gab, die bereitwillig gefälschte Quittungen ausstellten, dasselbe von der Betreibergesellschaft einer Mautautobahn zu erwarten war dagegen weltfremd.

Um Fahrten nachzuweisen, die wir nicht durchgeführt hatten, hatten wir jedoch einen einfachen Trick: Sobald wir eine Mautstelle passierten, hielten wir am Straßenrand und machten uns auf die Suche nach Bons, die andere Reisende, die ihre Ausgaben nicht zu belegen brauchten, aus dem Fenster geworfen hatten.

Dabei gingen wir äußerst umsichtig vor. Die zu belegenden Fahrten durften nicht mehr als einen oder zwei Tage zurückliegen, andernfalls waren passende Bons nahezu unmöglich aufzutreiben, hatte doch entweder der Wind sie fortgeweht, oder aber sie waren von der Sommersonne ausgebleicht beziehungsweise vom Winterregen durchweicht worden.

Wenig empfehlenswert war es außerdem, der Straße selbst allzu nahe zu kommen. Suchen durfte man nur am Rand, wollte man nicht Gefahr laufen, von einem Auto überfahren zu werden. In diesem Fall hätte ich meiner Mutter unmöglich erklären können, wie ich dazu kam, an einem ganz normalen Schultag am Rand einer Autobahn alten Zetteln nachzujagen. Meine Mutter war zwar so gut wie nie wirklich anwesend, ausnutzen durften wir das aber trotzdem nicht.

Das mit dem Tauschgeschäft hätte sie zweifellos ebenso wenig verstanden wie die Sache mit der Parallelerziehung, war meine Mutter doch, wie D. sagte, eine durch und durch vernünftige Person oder wenigstens diejenige von allen uns bekannten Personen, die am ehesten als vernünftig zu bezeichnen war. Außerdem war meine Mutter wunderschön, und Wahrheit, Güte und Schönheit sind bekanntlich ein und dasselbe. »Das haben schon die Scholastiker gesagt, und letzte Woche stand es auch im *Reader's Digest*«, ergänzte D., dem ich da aber schon nicht mehr zuhörte.

XV

Meine erste Begegnung mit E. – dem Fotografen – begann damit, dass er sich auf dem Beifahrersitz niederließ. Ich weiß noch, dass er über die Pappeln sprach, die sich entlang den von der Landstraße abzweigenden Wegen aneinanderreihten, und über das Fotografieren. Ein gutes Schwarz-Weiß-Foto, sagte E., weise die gesamte Bandbreite an Grautönen auf, die zwischen diesen beiden Polen existieren. Das Licht sei imstande, die Dinge zum Vorschein oder aber zum Verschwinden zu bringen.

Das Licht.

Irgendwann forderte er uns auf, anzuhalten, und stieg aus, um die Pappeln zu fotografieren. Anders als wir schien E. über alle Zeit der Welt zu verfügen.

D. und ich nutzten die Gelegenheit, um uns eine Zigarette anzuzünden. E. gehörte zu den Menschen, die den anderen durch ihre bloße Anwesenheit das Gefühl vermitteln, sie könnten sich völlig ungezwungen verhalten. Menschen, die weder erwarten, dass man pünktlich ist, noch dass man, wenn man schließlich eintrifft, etwas Wichtiges zu sagen hat. Menschen, die jeder Art von Ordnung misstrauen und eben deshalb, wo auch immer sie auftauchen, für ein wenig Chaos sorgen.

Als er endlich mit den Bäumen fertig war, zeigte E. mir seine Kamera. Es war eine Canon FTb – mit genau diesem Modell hatten die Kriegsreporter in Vietnam ihre Aufnahmen gemacht.

Das Licht, das imstande war, die Dinge zum Vorschein oder aber zum Verschwinden zu bringen.

Die Spuren.

Darauf hatte E. es abgesehen.

»Mit dieser Kamera gehe ich auf Gespensterjagd.«

»Und wie sehen die Gespenster aus?«

»Sie sind weiß und in Laken mit Gucklöchern gehüllt.«

E. wusste allerdings nicht, dass auch er wenige Monate später ein Gespenst sein würde. Die Städte waren damals voll von Gespenstern.

Das wusste E., er suchte sie, rief nach ihnen und sollte schließlich ein Teil ihrer Familie werden.

Ich weiß noch, dass wir ihn an diesem Tag in dem Dorf absetzten und am Nachmittag wieder abholten, um gemeinsam in die Stadt zurückzufahren.

»Und, hast du welche gefunden?«

»Was meinst du mit ›welche‹?«

»Gespenster.«

»Nein, heute habe ich kein Glück gehabt.«

»Dann eben beim nächsten Mal.«

»Warte, eins habe ich, glaube ich, doch gefunden. Schau mal her.« Klick.

Das Foto, das E. damals von mir machte und mir bei unserer nächsten gemeinsamen Fahrt übergab, ist eine meiner wenigen

Erinnerungen an diese Zeit. Ich sitze lächelnd und mit übertrieben weit aufgerissenen Augen auf der Rückbank des R4.

Ein Schwarz-Weiß-Foto mit der gesamten Bandbreite an Grautönen, die zwischen diesen beiden Polen existieren.

XVI

Auf ihren Reisen steuerten die Vertreter Städte, öfter aber noch Dörfer an.

Dort, genauer gesagt in deren strategischen Zentren, den Hotels, schlugen sie ihr Feldlager auf. Von hier schwärmten sie – schwärmten wir – aus, mit dem Ziel, die angrenzenden Gebiete zu erobern. Wir waren Kolonisatoren und verfolgten die Mission, die Wilden zur Religion der Kramp-Produkte, Parker-Füller und -Kugelschreiber, englischen Duftwässer oder chinesischen Plastikbehälter zu bekehren.

Je mehr solcher jungfräulichen Gebiete es gab, desto besser. Anders gesagt, die dort hausenden Dörfler erlangten einmal pro Monat ihre Jungfräulichkeit schlagartig zurück. Mehr oder weniger zum selben Zeitpunkt trafen die Vertreter zu ihrem nächsten Besuch ein.

An derartigen Expeditionen teilzunehmen war mir im Verlauf meiner zweijährigen Reisetätigkeit jedoch nur vier oder fünf Mal vergönnt, da ich den sich daraus ergebenden Notwendigkeiten nur während der Schulferien gerecht werden konnte, schließlich kann ein achtjähriges Mädchen für gewöhnlich nicht einfach so außer Haus übernachten.

Nicht zur Schule zu gehen – und das immer öfter –, um bei der Heimkehr so zu tun, als wäre nichts gewesen, war dagegen geradezu ein Kinderspiel, war D. doch eines Tages unversehens zu folgender Erkenntnis gelangt: »Komplizierte Probleme erfordern in den meisten Fällen erstaunlich unkomplizierte Lösungen.«

Soll heißen, wir fertigten eine Kopie des Mitteilungsheftes an, in der D. für meine Fehltage unterschrieb. Daneben gab es weiterhin das echte Mitteilungsheft, in dem meine Mutter unterschrieb, wenn es um Elternabende, Museumsbesuche oder Ausflüge zum Bauernhof ging. Je nach Anlass legte ich das entsprechende Heft vor.

»Verwechsle die Hefte bloß nicht!«

»Keine Sorge.«

Obwohl es eigentlich egal gewesen wäre. Es war nahezu ausgeschlossen, dass die Lehrerin einer dreißigköpfigen Klasse bei der Lektüre der dazugehörigen Mitteilungshefte nicht irgendwann die Übersicht verlor. Dazu kam, dass meine Mutter ein sehr schweigsamer Mensch war. Obwohl, wenn ich jetzt darüber nachdenke, war sie eigentlich gar nicht schweigsam. Sie war bloß traurig, und ihre Traurigkeit hinderte sie daran, stets alle Einzelheiten im Blick zu behalten.

Alle Straßen, Dörfer und Städte nahmen ihren je eigenen Platz in meiner Parallelerziehung ein, durch die ich lernte, wie die Dinge funktionieren. Denn auch wenn alles, was mit den Kramp-Produkten zu tun hatte, im Zentrum der mir vermittelten Schöpfungsgeschichte stand, fügte D. ihr, falls mein Wissensdurst danach verlangte, unverzüglich weitere Elemente hinzu.

Zum Beispiel die folgende Veranschaulichung des Verhältnisses von Raum und Zeit.

»Erinnerst du dich noch an die Geschichte von R.?«

»War das der Mann, der sich totgestellt hat?«

»Nein, ich meine den aus der Gemeindeverwaltung, der den gesamten Jahresetat für den Bau einer Flugzeuglandebahn ausgab, auf der dann natürlich nie ein Flugzeug landete.«

»Ach ja, jetzt erinnere ich mich. Er hatte die Sache von Kind auf geplant. Seine Klassenkameraden haben ausgesagt, dass er in der Schule nichts anderes gemacht hat, als Papierflugzeuge basteln.«

»Genau, den meine ich. Und jetzt überleg mal – wie lange hätten die Leute sich die Geschichte erzählt, wenn sie in einer Stadt passiert wäre?«

»Mehrere Wochen.«

»Und wenn sie in einem Dorf passiert wäre?«

»Mehrere Monate.«

»Und wenn sie in einem kleinen Dorf passiert wäre?«

»Jahrelang.«

»Genau.«

Schweigend fuhren wir weiter, bis ich nach ungefähr einem Kilometer sagte, es gebe noch eine vierte Möglichkeit:

»Wenn sie in einem ganz, ganz, ganz kleinen Dorf passiert wäre, würden sich die Leute R.s Geschichte für immer und ewig erzählen.«

»Wahrscheinlich«, sagte D. und fügte nach einem weiteren halben Kilometer hinzu, für dieses Phänomen habe die Physik noch keine Erklärung gefunden, genauso wenig wie für das Vorhandensein derart kleiner Dörfer.

Außer dem Verhältnis von Raum und Zeit veranschaulichte D. mir die Evolutionstheorie, die Theorie der Ausdehnung des Universums sowie eine Reihe grundlegender Begriffe der Physik und Theologie.

Mein Weltverständnis saugte dies sowie all die Dinge, die ich an den Verkaufstheken der Eisenwarenhandlungen und in den Cafés und Hotels zu hören bekam, auf wie ein Schwamm.

Als ich Jahre später meinen Freunden hiervon erzählte, bemühte ich mich, klarzustellen, dass D. keineswegs »gewissenlos« gehandelt habe – wie meine Großmutter mütterlicherseits es ausdrückte –, im Gegenteil, er war ein Pionier der systemischen Pädagogik.

XVII

Ein paarmal begleitete ich E., während D. in einer Eisenwarenhandlung seine Verkaufsgespräche führte.

Nein, Gespenster fotografieren und Menschen fotografieren war nicht dasselbe.

Nach den Gespenstern musste man lange suchen. Man musste herumfragen, von Telefonzellen aus irgendwelche Nummern anrufen und mit Leuten sprechen, die Angst hatten, zu sagen, was sie wussten.

»Wenn ein Gespenst sich immer mehr zusammenzieht, verwandelt es sich irgendwann in einen Knochen.

Und wenn es sich noch mehr zusammenzieht, in Staub.

Man muss es vorher finden«, erklärte E.

Als er das gesagt hatte, hatte ich zum ersten Mal ein seltsames Gefühl, das ich für mich als »Lochgefühl«* bezeichnete.

* Traurigkeit, die man empfindet, obwohl sie einen nicht selbst betrifft.

XVIII

Als E. – der Fotograf – zum ersten Mal meiner Mutter begegnete, wurde es merkwürdig still.

Es war an einem Wochenende, E. war zu uns gekommen, um D. einen alten Filmprojektor vorbeizubringen. Allen Bemühungen zum Trotz schafften die beiden es jedoch nicht, ihn in Gang zu setzen.

Damit E.s Besuch nicht umsonst gewesen war, lud D. ihn zum Abendessen ein.

In dem Augenblick kam meine Mutter ins Haus, sie war damit beschäftigt gewesen, die Magnolie im Garten zu beschneiden.

Als D. die beiden einander vorstellte, sahen meine Mutter und E. sich mit vertrautem Blick an. Vertraut und traurig.

»Wir kennen uns«, sagte meine Mutter.

»Wir hatten einen gemeinsamen Freund an der Universität«, fügte E. hinzu.

Von da an war alles seltsam. Beim Essen sprach E. weder über Fotos noch Gespenster, und meine Mutter, die immer schon auf einem anderen Planeten zu leben schien, bemühte sich offensichtlich, in eine andere Galaxie umzusiedeln.

Ich war es gewohnt, einen Ausweg aus unbehaglichen Situationen zu finden – die Verkaufstheke einer Eisenwarenhandlung unterschied sich nicht wesentlich vom Esstisch bei uns zu Hause. Entsprechend schnell wurde mir klar, dass das Einzige, was uns in diesem Augenblick verband – und damit das Einzige, was uns retten konnte –, der Film war, den wir am Tag zuvor im Fernsehen gesehen hatten. Genauer gesagt, meine Mutter und ich hatten ihn gesehen, und D. hatte, als er kurz vor dem Ende dazukam, erklärt, dass er ihn kenne. E. wiederum hatte unendlich viele Filme gesehen, kannte ihn also bestimmt auch.

Ich fing an, über *Die Brücke am Kwai* zu sprechen. Fünf Minuten später sprachen wir alle über *Die Brücke am Kwai.*

D. und E. tauschten sich über den zweiten Weltkrieg und die Chinesen aus (in meinem Kopf bewohnten Japaner und Chinesen damals ein und dasselbe Land), bis wir irgendwann anfingen, gemeinsam die Filmmelodie zu pfeifen.

Dabei hatte ich eine Offenbarung, zum ersten Mal in meinem Leben.

Beim Blick auf den Teller mit Spargelsuppe vor mir nahm ich wahr, dass der aufsteigende Dampf sich in ein etwa daumengroßes Gespenst verwandelte. Diesem gesellte sich ein zweites und ein drittes und schließlich noch ein viertes Gespenst hinzu.

Der Gespensterzug erhob sich aus der Suppe, bewegte sich über dem Tisch in der Luft und versuchte, Verbindung zum Diesseits aufzunehmen. Was ihm allerdings nicht gelang. Die armen Gespenster.

Als ich aus der Trance erwachte und von meiner seltsamen Vision berichtete, brach meine Mutter in Tränen aus, woraufhin E. sagte, es sei Zeit, zu gehen.

D., der im gesamten Produktkatalog von Kramp nichts auftreiben konnte, was ihm geholfen hätte, das Vorgefallene zu verstehen, sagte zu E., einverstanden, er solle aber bitte den Filmprojektor dalassen.

Meine Mutter schloss sich für den Rest des Abends in ihrem Zimmer ein, während D. und ich im Esszimmer blieben.

»Und wenn wir den Apparat repariert bekommen, was sehen wir uns dann an?«

»Einen Piratenfilm.«

»Au ja«, sagte ich, scheinbar begeistert, und umarmte D. zärtlich, was sonst so gut wie nie zwischen uns vorkam.

Wie ich im Lauf der Jahre feststellen konnte, hat eine Offenbarung fast immer eine Erkenntnis zur Folge. An diesem Tag wiederum erkannte ich:

D. war einsam.

Ich war einsam.

Das Leben verlief an einem einsamen Ort.

Und all das gehörte zur Kategorie der »Dinge, die nun mal so sind, wie sie sind«.

Ich überließ D. der Arbeit an dem Projektor und ging in mein Zimmer, um weiter Comics zu lesen.

XIX

In den Dorfläden herrschte keine Unordnung, sondern eine dynamische Ordnung. Man brauchte kein Genie zu sein, um ihren wahren Charakter zu erfassen – Dorfläden waren protoanarchistische Systeme.

Vom Einfachen zum Komplizierten:

Läden, die ihre Ware zu unvermischten Gruppen zusammenfassten (nur Regenschirme, nur Hüte, nur Zigaretten).

Läden, die ihre Ware räumlichen Kriterien folgend präsentierten (alles, was, von rechts nach links, zwischen einer Stecknadel und einem Rasenmäher Platz fand).

Läden, die ihre Ware gemäß einer noch unentschlüsselten Zahlenfolge anordneten (mit Verkaufstischen, auf denen sieben Gabeln, fünfzehn Hemden, achtzehn Plastikeimer und so weiter nebeneinanderlagen).

Letztere erregten meine Neugier am stärksten, war ich doch überzeugt, dass ich durch Aufdeckung dieser Zahlenfolge der geheimnisvollen Ordnung, die der Große Zimmermann dem Aufbau des Universums zugrunde gelegt hatte, ein Stückchen näherkam.

So oder so führten diese Läden vor, auf wie viele verschiedene Arten das menschliche Hirn Dinge miteinander in Verbindung bringen kann.

Das Schuhgeschäft

Mein uneingeschränkter Lieblingsladen war das Schuhgeschäft eines deutschen Einwanderers, der dem Krieg entkommen war und während der Flucht folgende Beobachtung gemacht hatte:

1. Um aufs Schlachtfeld zu gelangen, muss der Feind gezwungenermaßen den Raum durchqueren.
2. Diese Durchquerung ist an eine bestimmte Zeit gebunden.

Woraus folgte, dass sich das Vorrücken des Feindes aufhalten ließ, wenn es gelang, das Vorrücken der Zeit aufzuhalten.

Der Deutsche, den seine Entdeckung mit Stolz erfüllte, war Sohn und Enkel von Schustern und hatte durch harte Arbeit das nötige Kapital zusammengebracht, um das Familiengeschäft in der neuen Heimat fortführen zu können. Nach der Eröffnung, an der das ganze Dorf teilnahm – bis auf den Besitzer des Gemüseladens, der ein englischer Einwanderer war und die Deutschen hasste –, hatte er sich seinem wichtigsten Ziel zugewandt: die Zeit aufzuhalten.

Das funktionierte auf denkbar einfache Weise: Er verkaufte ausschließlich Schuhe von Ende der vierziger Jahre. Damals hatte Frieden geherrscht.

Er hatte sich einen Vorrat zugelegt, der groß genug war, um in der Zeit, bis er ihn aufgebraucht hatte, mehreren Schustern beizubringen, wie man die entsprechenden Modelle anfertigt.

Alle Vertreter, die durch den Ort kamen, machten einen Abstecher in seinen Laden und verlangten dort ein Paar moderne Schuhe, was einzig und allein dem Zweck diente, den Deutschen dazu zu bringen, eine Schimpftirade über den Krieg anzustimmen.

Auch D. und ich sahen ab und zu bei ihm vorbei.

So auch an dem Tag, an dem es uns gelungen war, eine Ladung Holzhobel zu verkaufen, die wir lange vergeblich mit uns herumgeschleppt hatten. Um den Erfolg zu feiern, kauften wir ein Paar schwarze Lackschuhe mit Holzsohle für mich und ein Paar Oxford-Schnürschuhe für D.

Wir zogen sie sofort an, warfen die alten gleich vor dem Laden in einen Mülleimer und waren von da an mit Schuhen unterwegs, die das Vorrücken des Feindes aufhalten konnten.

Besondere Läden

Es gab auch besondere Läden. Läden, die – für ihre dörfliche Umgebung – unverhältnismäßig groß waren. Ja, in den Augen der Dörfler geradezu Supermärkte.

Wer einen dieser Läden zum Kunden hatte, belud regelmäßig ganze Eisenbahnwaggons mit Ware. Hieß es. Und war mehr als einen Tag damit beschäftigt, den Auftrag zusammenzustellen.

Diese Läden empfingen nie nur einen Vertreter zu Besuch, sondern immer mehrere gleichzeitig.

Berühmt war der Laden des Türken. Bei ihm hieß es nicht nur Kataloge vorführen und Warenproben präsentieren. Man musste imstande sein, achtundvierzig oder zweiundsiebzig Stunden fast unaufhörlich auf den Gastgeber einzureden. Übernachten durften die Vertreter dabei in Zimmern in dessen Wohnhaus, das sich unmittelbar an den Laden anschloss. Morgens galt es dafür, mit schwerem Kopf – nur der Besitzer des Hauses schien nie einen Kater zu haben – die Geschichte vom Vorabend wiederaufzunehmen.

Für einen derartigen Erzählmarathon war eine mehrtägige Vorbereitung erforderlich. Hatte der Türke seinen Spaß, bestellte er anschließend bei allen Beteiligten gigantische Mengen. Wenn der Spaß ausblieb, bestellte er dagegen nur das Nötigste, was immer noch ziemlich viel war.

So oder so aßen und tranken die Gäste während der endlosen Verkaufsgespräche wie die Figuren aus Tausendundeine Nacht.

Eingeladen wurde jedes Mal nur eine kleine Gruppe. Der Termin wurde in Cafés per Mundpropaganda weitergegeben. Wer zu den Auserwählten gehörte, durfte sich als echter Vertreter betrachten. Und wer sich anschließend am Befüllen des Eisenbahnwaggons beteiligen durfte, war ein wahrer Held in diesem Krieg mit halb weltlichen, halb religiösen Zügen.

Wenn zwei Wochen später – so lange dauerte es, bis die gesamte Bestellung abgearbeitet war – der dazugehörige Güterzug auf dem parallel zur Landstraße verlaufenden Gleis an ihnen vorbeifuhr, salutierten die Vertreter mit lautem Hupen.

Ein wunderschönes Geräusch, dessen Bedeutung nur die vom Vertreterhimmel Erwählten verstehen konnten.

XX

D. hatte in einer Zeitschrift gelesen, dass zufriedene Arbeiter angeblich produktiver sind und sich ihrem Unternehmen stärker verbunden fühlen. Deshalb ließen wir die Eisenwarenhandlungen ab und zu Eisenwarenhandlungen sein und steuerten stattdessen E.s Kino an, das Universitätskino. Allerdings immer nur vormittags, nicht zu den eigentlichen Vorführzeiten (von Montag bis Donnerstag Dauervorstellung ab 16.00 Uhr, mittwochs ermäßigter Eintritt), weshalb das Kino jedes Mal leer war.

Ich glaube, verabredet hatten D. und E. sich dafür nie. Bei unserer Ankunft war E. einfach da. Wir nahmen in der Mitte des Vorführsaals Platz, das Licht ging aus, dann war zunächst das Surren des Projektors zu hören, wenige Sekunden später begann der Film.

Solange ich auf diese Weise für meinen frühzeitigen Einsatz fürs Unternehmen belohnt wurde, bekam ich, soweit ich mich erinnere, die folgenden Filme zu sehen:

The Kid von Charlie Chaplin (zweimal).

Paper Moon (zweimal).

Der rote Ballon (dreimal).

Und einen seltsamen Kurzfilm, einen Trickfilm mit dem Titel *Die Sandburg* (einmal), von dem ich nie wieder etwas zu sehen oder zu hören bekam. Vielleicht habe ich ihn mir auch nur ausgedacht.

Wie dem auch sei, bei all diesen Filmen weinten wir, wischten uns die Tränen aus dem Gesicht und schnäuzten uns lautstark in die perfekt gebügelten weißen Taschentücher, die D. stets dabei hatte, eins für ihn und eins für mich.

Und ebenso leidenschaftlich, wie wir uns auf die Filme (und das Leben) einließen, forderten wir am Ende Wiederholung, indem wir – ich hatte mir das so einfallen lassen – pfiffen und riefen: »Vorhang zurück!«

Der Satz ergab weder logisch noch grammatikalisch irgendeinen Sinn, doch E. begriff trotzdem, was gemeint war, und ließ den Film noch einmal laufen.

»Aber gerne doch, heutzutage weiß man es zu schätzen, wenn das Publikum so begeistert mitgeht«, sagte er dazu.

Als wir eines Tages aus dem Vorführsaal kamen – gerade hatten wir zum zweiten Mal *The Kid* gesehen –, entdeckten wir in der Ferne meine Mutter.

Sie stand im Hof der Universität und unterhielt sich ernst und unaufgeregt mit einer Gruppe von Menschen. Ich erkannte sie an ihrer Lederjacke und dem Rucksack mit dem roten Stern.

Was machte meine Mutter dort, meine Mutter, die schon seit Jahren nicht mehr auf die Universität ging?

Worüber sprach sie mit diesen Leuten?

Wer waren diese Leute?

Es war durchaus vorstellbar, dass meine Mutter beziehungsweise die Gestalt dort drüben, die von weitem wie eine meiner

Puppen aussah, ihrerseits uns gesehen hatte und der Liste von Fragen noch eine hinzufügte:

Was machten wir hier an einem Tag, an dem D. hätte arbeiten und ich in der Schule sein müssen?

An diesem Punkt konnten wir zwischen drei Möglichkeiten wählen:

1. Der Liste weitere Fragen hinzufügen: Was macht der Mensch auf der Erde? Was ist der Sinn des Lebens?
2. Mit meiner Mutter sprechen und versuchen, mit ihr zusammen eine Antwort zu finden. Durch diese Antwort hätten wir uns jedoch gezwungen gesehen, Einzelheiten über meine Parallelerziehung wie auch über die unbekannten Freunde meiner Mutter auf den Tisch zu legen.
3. Die dritte Möglichkeit bestand darin, einfach alles zu vergessen. Vielleicht war die Frau dort drüben gar nicht meine Mutter, sondern ihr nur sehr, sehr ähnlich, so ähnlich, dass ihr sogar haargenau die gleiche Kleidung gefiel.

Ich bin für die dritte Möglichkeit. Sagte ich, nicht laut, sondern zu mir selbst.

Ich bin für die dritte Möglichkeit. Sagte D., nicht laut, sondern zu sich selbst.

So machen wir's, verabredeten wir in dem Raum ohne Worte, von dem jede wahre Freundschaft lebt. Schließlich war D. damals nicht nur mein Arbeitgeber, sondern auch ein Freund, der weiß, dass ein gutes Schweigen meistens mehr bringt als ein guter Rat.

Weshalb wir nun mit raschen Schritten den Hof der Universität überquerten, D. mit seinem Vertreterköfferchen und ich mit meinem Arztköfferchen in der Hand.

Als wir wieder in unserem R4 saßen, zündeten wir uns zuerst beide eine Zigarette an. Und zum, wie mir heute scheint, Zeichen der Anerkennung für mein frühzeitiges Verständnis der Eigenarten des menschlichen Wesens brachte D. mir bei, wie man Ringe bläst.

Kleine Ringe, die über der Stadt aufstiegen, sich ausdehnten und irgendwo in der Ferne auflösten.

XXI

In der Branche fing man an, sich über unser »Geschäftsmodell« Gedanken zu machen.

Man stellte uns Fragen, und manche Vertreter versuchten sogar, ihre Kinder dazu zu bewegen, sie auf ihren Reisen zu begleiten, was deren ängstliche und überfürsorgliche Mütter jedoch zu verhindern wussten.

Da trat S., der Urvater der Vertreterzunft, mit dem Vorschlag an uns heran, mich zu mieten. Was keine schlechte Idee zu sein schien.

S. erklärte es so: D. und er seien ja auf verschiedenen Geschäftsfeldern unterwegs, Eisen- respektive Drogeriewaren. Da könne ich sie doch auf ein und derselben Reise beide begleiten, dafür bräuchte ich bloß mein Aussehen jeweils ein klein wenig zu verändern. Nichts Besonderes, es genüge, dass ich bei ihm einen Hut aufsetzte, zum Beispiel. Dessen Anschaffung übernähme selbstverständlich er. Kein Mensch würde merken, dass ich vormittags die Tochter des einen und nachmittags die Tochter oder auch Nichte des anderen wäre.

Alles, was es dafür brauche, seien genaue Absprachen und ein wenig Flexibilität meinerseits.

Von dem in meiner Begleitung erwirtschafteten Gewinn bekämen wir einen Anteil.

Ich hörte seinen Erklärungen aufmerksam zu und träumte schon von meinem neuen Hut und der in Aussicht gestellten Provision. D. zahlte mir einen Anteil von fünf Pesos pro eingenommenen hundert Pesos, allerdings in der bereits erwähnten Form eines »Tauschgeschäfts«. Für den Zusatzaufwand und den immer größeren Einfluss, den ich inzwischen, vor dem Ladentisch stehend, auszuüben vermochte, konnte ich diesmal mit einem Anteil von zehn Pesos rechnen – und das in Gestalt von echtem Geld –, da war ich mir sicher.

»Kommt nicht infrage«, sagte D. Und dachte dabei offensichtlich an die Samurais.

Logisch wäre es gewesen, die Sichtweise eines Feudalherrn zu übernehmen, aber D., vielleicht weil er damals die Hoffnung noch nicht aufgegeben hatte, den alten Filmprojektor – Marke Fuji Photo Film – wieder zum Laufen zu bekommen, dachte wie ein Samurai und fügte entsprechend entschlossen hinzu:

»Auf keinen Fall.«

Jede auf der Grundlage von Idealen zusammenwirkende Gemeinschaft besitze ihren eigenen Ehrenkodex beziehungsweise ihre eigenen Verhaltensregeln beziehungsweise ihre »Prin-zi-pien«, wie D. nachdrücklich betonte.

Um gleich im Anschluss auszuführen, dass der Bruch eines Kodex, sei dieser nun ehrenhaft oder nicht, darauf komme es letztlich nicht an, dass ein solcher Bruch also für den, der ihn begehe, nicht nur die Missbilligung durch die übrigen Mitglieder

der Gemeinschaft, sondern, schlimmer noch, seine Verstoßung daraus zur Folge haben könne.

S. und ich sahen ihn stumm an, ohne zu begreifen, worauf er mit seiner gewundenen Argumentation hinauswollte.

»Sie kann dich begleiten, aber keinesfalls gegen Geld«, lauteten D.s abschließende Worte.

Ich hätte protestieren können, mir war jedoch bewusst, dass ich trotz meiner bisherigen guten Leistungen innerhalb der Gemeinschaft der reisenden Vertreter noch nicht als echter Samurai anerkannt war. Ich war ein *kleiner* Samurai, dem die Verteidigung einer *kleinen* Burg anvertraut war. Außerdem konnte ich gegebenenfalls ein *kleines* Harakiri begehen. Nicht mehr, aber auch nicht weniger. Darüber waren wir drei uns im Klaren, und meine kleine Ehre musste sich vorläufig damit bescheiden.

Ich entschied mich für stoisches Schweigen – nur der leichte Fußtritt, den ich einem unbesetzten Stuhl verpasste, ließ erahnen, was in mir vorging. Dennoch konnte ich nicht verhindern, dass mein wütender Blick auf den glückstrahlenden Blick von S. traf, was die gegenseitige Neutralisierung beider zur Folge hatte.

Im Grunde hatte ich S. nämlich durchaus gern.

»Wann soll es denn losgehen?«, fragte ich, vergaß meine Provision und war wieder ganz Geschäftsfrau.

»Gleich morgen«, sagte S.

»Da feiern wir in der Schule den Geburtstag einer Klassenkameradin«, sagte ich.

»Dann eben übermorgen«, sagte D.

»Gut«, sagten S. und ich gleichzeitig.

Was wir zugleich als Zeichen dafür nahmen, dass die Verabredung für beide Seiten Gültigkeit erlangt hatte.

XXII

Am besten gefielen mir die Rückfahrten. Nicht, weil mich am Ende der Straße mein Zuhause erwartete, der Grund war vielmehr, dass im Abendlicht alles so klar und eindeutig wirkte. Die Welt kam mir dann wie die kleine Modelllandschaft vor, die ich einmal in einer Eisenwarenhandlung gesehen hatte.

Jemand hatte die Silhouetten von Bäumen ausgeschnitten und sie entlang einer jener Geraden angeordnet, die wir für gewöhnlich als Landstraßen bezeichneten. Derselbe Jemand hatte ein Haus geschnitzt und an die Straße gestellt. (Dabei hatte er sich zunächst einer Schere, dann eines Schnitzmessers bedient.) Außerdem hatte dieser Jemand – auch auf diesen Gedanken brachte mich das Licht – *uns* modelliert und dazugesellt.

»Großer Zimmermann«, sagte ich leise, als wollte ich jemanden, der ein wenig taub war, zwingen, ganz genau zuzuhören.

XXIII

Von nun an arbeitete ich in Doppelschichten. Was natürlich auch Auswirkungen auf meine Fehlzeiten in der Schule hatte.

Um möglichen Befürchtungen meiner Lehrer zuvorzukommen und zu verhindern, dass sie meine Mutter anriefen, erfand D. eine Erkrankung meiner Großmutter mütterlicherseits. Sie war wie eine zweite Mutter für mich und hatte einen besonderen Draht zu mir (Marke Kramp, Stärke 12), weshalb ich während ihrer letzten Tage so viel Zeit wie möglich mit ihr verbringen wollte. D. verstand das, und die Schule, die verstand das natürlich auch. Der Gott der Christen hatte die Beziehung zwischen Großeltern und Enkeln in besonderer Weise gesegnet, und die Schule war eine katholische Schule.

Durch diesen Trick vom institutionellen Druck befreit, konnte ich meinem Beruf umso ungehinderter nachgehen.

Drei Tage pro Woche – die falsche Großmutter lebte in einer anderen Stadt – ging ich nicht zur Schule und teilte meine Zeit nach Branchen auf: vormittags Eisenwaren, nachmittags Drogeriewaren und Kosmetik.

An längeren Fahrten konnte ich auch jetzt nicht teilnehmen – wir wussten immer noch nicht, wie wir es meiner Mutter gegenüber hätten rechtfertigen sollen, dass ich außerhalb der Ferien nicht zu Hause übernachtete –, aber über drei von fünf Schultagen pro Woche frei verfügen zu können stellte einen fast so großen Fortschritt dar wie der erste Schritt auf dem Mond für die Astronauten.

Drogeriewaren und Kosmetik

»Diesem hinterfotzigen Betrüger werden wir es zeigen«, sagte S. jedes Mal, bevor er eine Drogerie oder Parfümerie betrat. Wurde das Geschäft von einer Frau geführt oder war die Eigentümerin eine Frau, erfuhr der Satz eine leichte Abwandlung – dann war von einer »dreckigen Nutte« die Rede.

An dem glühenden Eifer, mit dem S. diese Worte vor jedem Kundenbesuch wiederholte, zeigte sich, dass es ihm nicht so sehr darum ging, jemanden zu verfluchen, vielmehr wollte er offensichtlich einen Gott, der ebenso unflätig war wie er selbst, um die Erlaubnis bitten, mit der Arbeit zu beginnen. Diese Arbeit bestand im Verkauf von Shampoos, Handcremes, Nagellack und Nagellackentferner, Lidschatten und Lippenstiften.

S. sorgte auf eigene Art für Gerechtigkeit, indem er die von den Unternehmen vorgegebenen Preise mit einem Aufschlag versah. Was keine Rolle spielte, waren die Ladenbesitzer doch allesamt dämliche Chinesen, die die Rechnungen nicht einmal ansahen, schließlich konnten diese Scheißchinesen nicht einmal lesen.

S. drückte sich stets einfach und direkt aus. Das war eine seiner Stärken.

Meine Strategie blieb mehr oder weniger gleich: Kaum hatte ich mit meinen blitzenden Schuhen, meinem Plastikkoffer und dem Hut, den S. mir gekauft hatte, ein Geschäft betreten, sah ich den Verkäufer durchdringend an.

Im Herzen des anderen – der andere war in diesem Fall der Verkäufer – gab es etwas, was ich sofort erfasste. Ein feines Geflecht aus sanften Schmerzen und winzigen oder auch nicht vorhandenen Erfolgen – dafür genügte ein Blick auf den Verkaufstisch oder die staubige Straße jenseits des Schaufensters –, ein Geflecht, das sich zugleich über die Pupillen legte. Wenige wussten darum. Eine der wenigen war ich. Eben deshalb übte ich zu Hause vor dem Spiegel die tiefen durchdringenden Blicke – es gibt nichts Besseres, um mit anderen in Verbindung zu treten.

Ich verkaufte nicht, ich praktizierte vielmehr eine raffinierte Mentalgymnastik.

Was hervorragend funktionierte. Die Verkäufer, die auch nur Menschen waren, fanden ihre eigene Schwäche in mir wieder und wurden unvorsichtig.

Andererseits war S. von da an kein einfacher Hurensohn mehr – etwas in mir passt sich, sobald ich mich an S. erinnere, umgehend seinem Stil an und verspürt den Drang, seinen ungezogenen Gott zu ehren –, sondern ein Hurensohn, der imstande war, fürsorglich Anteil am Schicksal der »Tochter seiner kranken Schwester« zu nehmen.

Die Rechnungen wurden beglichen, und Shampoos, Handcremes und Nagellackentferner fanden ihren Platz in der Welt.

S. hatte keinerlei Schwierigkeiten damit, Absprachen nicht einzuhalten, und händigte mir meinen Anteil an den Verkaufseinnahmen bar aus. Ein Prozent der Einnahmen. Das war wenig, aber es handelte sich um echtes Geld, Geld, das S. mir, wenn er am Ende des Tages mit seinem Taschenrechner alles zusammengezählt hatte, heimlich in einem Umschlag zusteckte.

Alles war den Gesetzen des Himmels unterworfen, auch der erfolgreiche Verkauf himmelblauer Lidschatten.

XXIV

In S.s Gesellschaft lernte ich, dass sich mit der Eitelkeit gute Geschäfte machen lassen, wie ich durch ihn auch mit den Grundbegriffen der Mehrweltentheorie in Berührung kam. Es gab nämlich ein Paralleluniversum, in dem S. eine andere Frau und einen anderen Sohn besaß, der so alt war wie der Sohn, den S. mit seiner mir bekannten Ehefrau hatte.

Einmal saßen wir gerade in einem Café, als man S. plötzlich ein Telegramm von jemandem an den Tisch brachte, der ihn gut genug kannte, um zu wissen, dass er sich unter dieser Adresse an ihn zu wenden hatte.

»Diese verfluchte Hure«, sagte S. und erklärte mir dann, dass wir an diesem Nachmittag auf dem Weg zu dem Dorf, wo wir eigentlich hinwollten, zwei Zwischenhalte würden einlegen müssen.

Beim ersten handelte es sich um eine Parfümerie, in der wir schon einmal gewesen waren. S. bestand darauf, dass man zunächst eine Rechnung beglich. Erst danach gelangten die Lidschatten, Lippenstifte und die Pomade in ihre jeweiligen Fächer. Bevor wir das Geschäft betraten, hatte S. mich gebeten, meinem Auftritt noch mehr Dramatik als sonst zu verleihen, weshalb ich sogar eine Ohnmacht vortäuschte, als S. seine Schwester, meine angeblich kranke Mutter, erwähnte.

»Wir wissen vor Kummer nicht ein noch aus ...«, sagte er, als er mich vom Boden aufhob, um gleich darauf die Geldscheine nachzuzählen.

Den zweiten Zwischenhalt machten wir vor einem Haus. S. steckte sich den Umschlag mit dem Geld, den er in der Parfümerie erhalten hatte, in die Jackentasche.

»Warte hier«, sagte er.

Eine Frau öffnete die Tür, S. ging hinein, und bald darauf erschien an einem der Fenster ein kleiner S.

Wir sahen uns an und winkten uns zu.

Es gab zwei Möglichkeiten: Entweder hatte S. durch die Tür einen Gang betreten, der in die Vergangenheit führte – in diesem Fall war der Junge, der mich durch das Fenster ansah, S. vor vierzig Jahren –, oder S. hatte außer den Kindern, die ich kannte, weil sie auf meine Schule gingen, noch einen Sohn.

Kurz darauf klopfte eine kleine Hand an die Tür von S.' Ente, woraufhin die andere kleine Hand mir ein Glas Saft entgegenhielt.

Nachdem ich das leere Glas wieder zurückgegeben hatte, beugte sich der Junge durchs Fenster und umarmte mich.

Während der Umarmung tat ich, als wäre ich die Schwester, die der Kleine nie kennengelernt hatte. Ich tat so, der Kleine tat so, und S. tat auch so – die Welt war ein lächerliches Theater.

Ich sah ihm hinterher, wie er ins Haus zurückkehrte, und mir wurde klar, dass es manchmal besser ist, wenn man die Dinge einfach auf sich beruhen lässt. Deshalb sagte ich auch kein Wort, als S. wenig später türenknallend das Haus verließ und ins Auto stieg, während die Tür noch einmal aufging und ihm aus dem Inneren eine Blumenvase hinterherflog.

Mein Schweigen war so vielsagend, dass S. an der nächsten Tankstelle nicht bloß den Tank der Ente füllen ließ, sondern auch ausstieg und ein Eis für mich kaufte.

Ich beschloss, das, was ich gerade miterlebt hatte, auf das Gebiet der »Dinge, die ich mir vielleicht bloß eingebildet habe« zu verbannen. Da ich jedoch nicht unendlich lange weiterschweigen konnte, fing ich an, von einem Rätselspiel zu erzählen, das ich im Mathematikunterricht gelernt hatte und das mir jetzt die perfekte Möglichkeit bot, zu reden, ohne etwas zu sagen.

»Nimm irgendeine Zahl zwischen eins und neun und multipliziere sie mit neun.«

»Gut.«

»Bilde jetzt die Quersumme, zieh fünf davon ab und überlege dann, welcher Buchstabe im ABC dieser Zahl entspricht.«

»Wie?« S. war ungeduldig, aber aus Angst, ich könnte wieder verstummen, riss er sich zusammen und machte weiter mit.

»Eins entspricht A, zwei B, drei C und so weiter.«

»Verstehe.«

»Hast du den Buchstaben?«

»Ja.«

»Jetzt such ein Land, das mit diesem Buchstaben anfängt.«

»O. K.«

»Und jetzt ein Tier, das mit dem zweiten Buchstaben dieses Landes anfängt.«

»Geht das noch lange so?«

»Fertig. Hast du das Tier?«

»Ja.«

»Aber in Deutschland gibt es keine Elefanten.«

»Wie bist du denn darauf gekommen, verdammt?«

Egal welche Zahl zwischen eins und neun man mit neun multipliziert, die Quersumme ist immer neun. Neun minus fünf ist unweigerlich vier, und der vierte Buchstabe des Alphabets ist das D. Neunundneunzig Prozent aller Menschen, die dieses Rätselspiel gemacht haben, haben sich bei D für Deutschland entschieden, und siebenundneunzig Prozent haben bei E einen Elefanten gewählt. Die mögliche Fehlerquote war also denkbar niedrig.

Was ich S. aber nicht sagte. Stattdessen sagte ich: »Das habe ich erraten.«

»Wenn du so gut raten kannst, dann sag doch mal, ob wir in der Parfümerie, die wir gerade ansteuern, ordentlich was an den Mann bringen werden.«

»Werden wir nicht.«

»Wenn das so ist, sind wir für heute fertig«, sagte S. und wendete mitten auf der Straße.

»Und jetzt schlagen wir uns die Bäuche voll«, rief er und gab Gas.

Beim nächsten Café hielten wir an, stiegen aus und bestellten zwei Tassen Kaffee, eine normale (für mich) und eine halbe (für S.).

Den Rest füllte S. mit Whisky aus einer kleinen Flasche auf, die er stets in der Jackentasche bei sich trug. Die Kellner kannten diese Angewohnheit – S. suchte schon seit zwanzig Jahren dieselben Cafés auf – und hatten es aufgegeben, ihm deshalb Vorhaltungen zu machen. Wie ich im Lauf der Zeit beobachten konnte, überlegten es sich nicht nur die alten Vertreter, sondern die Kellner gleichermaßen, welche Kämpfe sie ausfochten und welchen sie lieber auswichen.

»Kleiner Ausgleich für die Ungerechtigkeit der Welt, verstehst du, M.?«

»Verstehe.«

Um diese nicht gerade alltägliche Seelenverwandtschaft zu feiern, bestellten wir zu unserem Kaffee vier Karamell-Buttercreme-Törtchen. Als wir gerade aufgegessen hatten, erschien D., um mich abzuholen.

XXV

Auf den Rückfahrten offenbarte sich mir nicht nur die geheime Funktionsweise des Lebens. Ich machte auch Einträge in dem Notizbuch, das ich in meinem Arztköfferchen immer dabeihatte.

Genau genommen handelte es sich um eine Art frühzeitiges Testament. Vorausgestellt waren diesem zwei Listen mit der Überschrift »Tauschgeschäfte« beziehungsweise »Geld« (letztere verschlüsselt, die Zahlen ersetzte ich durch Buchstaben).

Das eigentliche Testament trug die Überschrift »Die Zukunft«. Darin teilte ich meinen Besitz unter den mir bekannten Menschen auf. Es war voller Streichungen, da mein Erbe, je nachdem wie verbunden ich mich den Betreffenden fühlte, immer wieder den vorgesehenen Empfänger wechselte. Zu Veränderungen kam es täglich, sie hingen vor allem davon ab, mit wem ich die letzten Stunden zugebracht hatte.

Hatte ich den Nachmittag mit D. verbracht, vermachte ich ihm bei Einbruch der Nacht meinen Kermit-Anstecker plus einhundertfünfzig Pesos.

Hatte ich die letzten Stunden dagegen mit S. verbracht, fügte ich der Liste der ihm zugedachten Dinge – zu der schon eine

Kramp-Kneifzange gehörte – fünfzig Pesos sowie den erwähnten Anstecker hinzu, den ich im Gegenzug von D.s Liste strich, dessen Guthaben sich außerdem um fünfzig Pesos verringerte.

Auch für meine Mutter, den Fotografen E. und noch ein paar andere führte ich Listen.

Meine Zuneigung war schwankend und unbeständig. Was mir jedoch egal war, Sorge bereitete mir nur die viele Arbeit, die das allabendliche Streichen und Umschreiben mit sich brachte. Weshalb ich D., in der Hoffnung, die Arbeit ein wenig abkürzen zu können, eines Abends fragte, wann die Zukunft eigentlich eintreffen werde.

»Morgen früh«, sagte er.

Da er sich seiner Sache so sicher schien, nutzte ich die Gelegenheit und fragte, was genau die Zukunft eigentlich sei.

»Morgen früh«, sagte er noch einmal.

XXVI

In den Ferien ließ meine Mutter mich eine ganze Woche mit meinem Vater auf Reisen gehen, was bedeutete, dass ich während dieser Zeit weder auf mein falsches Mitteilungsheft noch auf andere Lügengeschichten zurückzugreifen brauchte.

(»Und, habt ihr heute in der Schule viel gelernt?«

»Ja, Mama.«)

Ich freute mich auf diese Woche, wie die Kinder, die ich kannte, sich auf Weihnachten freuten, schließlich würde ich so wie die erwachsenen Vertreter im Hotel übernachten.

Ich teilte mir das Zimmer mit D., was den Vorteil hatte, dass ich so lange Radio hören konnte, wie ich wollte, und den Nachteil, dass ich, um sein Schnarchen nicht zu hören, meinen Kopf mit einem Schal umwickeln musste. Die Methode war ziemlich wirksam, weil mein Kopf klein und der Schal lang war.

Am nächsten Morgen schilderte ich der Hoteldirektorin das Problem, und sie sagte, ich solle mir vorstellen, ich sei in einem Wald und im Bett gegenüber schlafe nicht D., sondern ein kleiner Bär. Dann würde ich irgendwann, ohne es zu merken, wie von selbst einschlafen.

»Ein großer Bär«, verbesserte ich sie.

Von da an arbeitete ich mit doppeltem Einsatz. Früh am Morgen brach ich mit D. auf, um Kramp-Produkte zu verkaufen, nachmittags begleitete ich manchmal S., und nachts hütete ich tief im Wald meines Zimmers den Bären.

Alles ging gut, bis zu dem Tag, an dem es regnete.

»Von unten nach oben«, wie S. später sagen sollte.

Es regnete in Strömen, aber hartnäckig, wie wir waren, ließen wir uns nicht abschrecken und suchten Kunde um Kunde auf.

Den nassen Hut wollte ich dabei unbedingt aufbehalten, wusste ich doch, dass die Wirkung der von mir dargestellten Figur – die Tochter von S.s kranker Schwester – vor allem meinem Hut zu verdanken war.

Nach der Rückkehr ins Hotel verzichtete ich aufs Abendessen und träumte schon bald von einem Baum mit lauter Schraubenmuttern und Türspionen als Blüten. Ringsherum wuchsen Blumen aus Glas. Den Winter würden weder der Baum noch die Blumen überstehen, sagte ich mir im Traum, zog eine Säge aus der Tasche und trennte ein Stück von der Baumwurzel ab. Die Wurzel verwandelte sich in ein Stück Schnur, das ich mir ums Handgelenk band.

Am nächsten Morgen erwachte ich mit vierzig Grad Fieber. Ich rief nach meiner Mutter und hielt D. für einen echten Bären.

D. ging erschrocken zur Rezeption und erbat sich ein paar Aspirin und einen heißen Tee mit Zitrone. Außerdem tauchte er eins seiner weißen Taschentücher in kaltes Wasser und legte es mir auf die Stirn.

Den ganzen Vormittag dämmerte ich vor mich hin und verfolgte im Halbschlaf, wie D. immer wieder mit dem frisch angefeuchteten Tuch zwischen dem Bad und meinem Bett hin und her lief.

»Das hilft, verlass dich drauf«, sagte er nervös und legte mir ein weiteres Mal das Tuch auf die Stirn.

Als er zum Mittagessen hinunterging, berichtete er den anderen von meiner Fieberattacke. Am betroffensten zeigte sich S., im Gedanken an den völlig durchnässten Hut vom Nachmittag davor sagte er:

»Es hat von unten nach oben geregnet, aber sie wollte den verdammten Hut nicht absetzen.«

Alles, was ich zu mir nahm, war eine Tasse Hühnerbrühe, die mir die Hoteldirektorin aufs Zimmer brachte. Außerdem hatte sie noch einen heißen Tee mit Zitrone und ein Comic-Heft dabei, das ich aber vorläufig unter mein Kissen schob.

Gegen Abend fühlte ich mich besser, da ich aber noch zu schwach zum Aufstehen war, lieh D. sich mit dem Einverständnis aller den einzigen Fernseher aus, den es im Hotel gab, und wir sahen uns zusammen einen mexikanischen Film an.

Ich weiß nicht, ob es daran lag, dass ich immer noch ein wenig fieberte, jedenfalls fragte ich D. irgendwann:

»Werde ich immer Kramp-Produkte verkaufen?«

»Immer ist ein ziemlich langer Tag«, sagte D.

Und da der Satz so gut klang, notierte er sich ihn auf einer Serviette. Anschließend erzählte er mir von dem neuesten Kramp-Produkt: einer wasserdichten Taschenlampe mit lebenslanger Garantie, die es »selbst in völliger Finsternis taghell« werden lasse.

Kurz danach klopfte es an der Tür. Es war S., der eintrat, sich eine Zigarette anzündete und eine schwarze Puppe aus der Tasche zog.

»Die ist aus Afrika«, sagte er, »pass auf, dass sie sich nicht erkältet.«

Aus der anderen Tasche holte er eine Flasche Whisky und überreichte sie D., was wohl als Zeichen der Solidarität unter Vätern oder auch als Schuldeingeständnis zu verstehen war. S. fluchte nämlich nicht nur für sein Leben gern, er war auch ein frommer Katholik.

Als es Zeit fürs Abendessen war, war ich schon fast wieder ganz hergestellt, da ich aber einen so unschönen Tag hinter mir hatte, forderten die anderen Vertreter, die im Hotel übernachteten, nicht nur den Fernseher nicht zurück, sondern verzichteten auch auf ihr abendliches Besäufnis. Stattdessen schlichen sie wie brave Bären auf Zehenspitzen ins Bett.

XXVII

Von der Erkältung – oder Lungenentzündung – hatte ich mich bald erholt, trotzdem sah ich weiterhin ziemlich mitgenommen aus. Ich war abgemagert, und die beiden halbmondförmigen Schatten, die sich damals unter meinen Augen einstellten, sollten mir auf immer erhalten bleiben.

Mehrfach träumte ich, wir seien auf der Landstraße unterwegs, und die anderen Vertreter, die uns in ihren R4s entgegenkamen, machten mit der Lichthupe alle möglichen Zeichen. Meine Aufgabe war es, ihre Bedeutung herauszufinden. Zweimal blinken: »Die Luft ist rein, ihr könnt weiterfahren«? Einmal blinken: »Vorsicht«? Dreimal blinken: »Stopp«? Doch sosehr ich auch grübelte und mir in meinem Heft Notizen machte, ich kam nicht darauf. Irgendwann erwachte ich voller Angst und hatte Mühe, erneut einzuschlafen.

Ich ging wieder zur Schule und setzte auch die gewohnte Arbeit mit D. fort, der allerdings angesichts meiner Augenringe beschloss, dass ich keine Doppelschichten mehr machen solle. S., der immer noch ein schlechtes Gewissen hatte, nahm die Entscheidung widerspruchslos hin.

Als D. mir seinen Beschluss mitteilte, empfand ich keine Traurigkeit, sondern ein Gefühl der Leere. Leere in Form eines mit Geld gefüllten Umschlags.

War alles, was danach geschah, D.s Schuld? Bis heute weigert sich etwas in mir, diese Frage zu beantworten.

Lieber gebe ich E. die Schuld.

XXVIII

E. war eine Nebenfigur in unserem Leben. Und wir waren Nebenfiguren in einer größeren Geschichte. Verschiedene Dinge – die Gespenster, das Vertrauen auf den Großen Zimmermann, meine frühe Berufung, der Lauf der Zeit – hätten sich begegnen und anschließend jedes für sich seinen Weg fortsetzen können. Stattdessen prallten sie frontal aufeinander.

Das kam so:

Unsere Arbeitszeit war streng geregelt, spätestens um neun Uhr abends hatten wir uns unter einem Dach einzufinden, vorzugsweise unter dem unseres Hauses. An diesem Tag waren wir um sechs zurückgekehrt.

Wenig später klingelte das Telefon. Es war E. D. sollte ihn abholen kommen, und ich sollte dabei sein. E. hatte die Gespenster gefunden, er hatte Fotos von ihnen gemacht, und diesmal war es wichtiger denn je, dass es ihm gelang, in die Stadt zurückzukehren, ohne Aufsehen zu erregen.

Die Begründung – die allen klar war, obwohl niemand sie aussprach – war mehr oder weniger dieselbe wie im Fall von S., weshalb ich sie hier in dessen Sprache wiedergebe: Es war ein

Unterschied, ob man einen Hurensohn allein anhielt, oder zwei Hurensöhne, bei denen ein kleines Mädchen auf der Rückbank saß.

In Ausnahmefällen erweiterte D. den Geltungsbereich seines Ehrenkodex auch auf Leute außerhalb der Vertreterzunft. Nachdem E. ihn, wann immer er wollte, umsonst Kinofilme ansehen ließ, und außerdem meine Mutter noch nicht nach Hause gekommen war, beschloss D., dass wir E. helfen würden. Inzwischen war es sieben. Das Dorf, wo wir E. abholen sollten, war eine Stunde Fahrt entfernt. Um Punkt neun wären wir also wieder zu Hause.

Gerne würde ich mich an etwas Wichtiges erinnern, worüber wir auf der Hinfahrt sprachen, aber da gab es nichts.

Als wir ankamen, erwartete E. uns schon.

Ich begrüßte ihn und fragte, ob er die Gespenster gefunden habe. Statt einer Antwort ergriff er meine Hand und drückte sie.

D. warf einen Blick auf die Uhr und sagte, E. solle sich auf die Rückbank legen, woraufhin ich wieder auf dem Beifahrersitz Platz nahm.

Als wir das Dorf gerade hinter uns gelassen hatten, versperrte uns ein Auto den Weg. Zwei Männer stiegen aus.

So zu tun, als wäre außer D. und mir niemand im Auto, war zwecklos, es hätte zu nichts geführt. Ebenso verzichtete ich auf den Einsatz einer meiner Bühnentricks, trotz meiner dürftigen Erfahrung begriff ich, dass dies kein Theaterstück war.

Uns auf unser schauspielerisches Talent – oder auch auf die Mitleidstheorie – zu verlassen wäre naiv gewesen, weshalb ich lieber kein Wort sagte und bloß reglos dasaß.

D. und E. stiegen aus und gingen, von den beiden Männern begleitet, davon.

Da sie nicht wiederauftauchten, stieg ich irgendwann auch aus und kehrte zu Fuß ins Dorf zurück.

Dort war kein Mensch zu sehen. Auf dem Dorfplatz setzte ich mich unter einen Baum – einen Maulbeerbaum – und zündete mir eine Zigarette an.

Die Rauchringe stiegen auf, und während ich zusah, wie sie sich auflösten, hatte ich die zweite Offenbarung meines Lebens: Ich schrumpfte, klammerte mich an einen meiner Rauchringe und erhob mich in die Luft.

In dieser so besonderen Nacht verfolgte ich, wie sich die Hitze in den Sternen ansammelte, bis sie plötzlich, plopp!, sichtbar wurden. Jahrtausende vergingen, irgendwann war ihr letztes bisschen Wasserstoff aufgebraucht, und, plopp!, lösten sie sich wieder auf.

Über das Bild der Sterne schob sich das der Heftzwecken. Obwohl sie aus rostfreiem Stahl waren, entkamen auch sie dem allgemeinen Zerfall nicht. (Plopp! Plopp! Plopp! Plopp!)

Diese Sicht der Dinge wurde mir dadurch möglich, dass ich an meinen Rauchring geklammert durch den Nachthimmel flog.

Während ich so mit hellwachem Geist dahinschwebte, hörte ich auf einmal, wie eine heisere Stimme rief:

»Mal sehen, ob du in der Hölle immer noch Lust hast, nach Knochen zu suchen, du Dreckschwein.«

XXIX

Die Schüsse, die wenige Sekunden später zu hören waren, hinterließen eins, zwei, drei, vier, fünf Löcher.

Und durch eines dieser Löcher schlüpfte ein »Schicksalskäfer«.*

* »Schicksalskäfer« sind winzige Käfer, die sich für gewöhnlich genau an der Stelle niederlassen, wo das Leben eine andere Richtung einschlägt. Und zwar in dem Augenblick, in dem man entscheidet, auf welcher Straßenseite es weitergehen soll, ob man zu Hause bleibt oder rausgeht, ob man etwas sagt oder nicht. Nur ein Käferchen ist imstande, den dazugehörigen Durchschlupf in so kurzer Zeit – nicht mehr als ein Sekundenbruchteil – zu passieren. Damit teilt es das Leben für immer in zwei Hälften.

XXX

Am nächsten Morgen wurde ich bewusstlos und mit Anzeichen einer Unterkühlung unter dem Baum gefunden. Man schleppte mich in einen nahegelegenen Laden, wo man mir etwas einflößte – etwas Alkoholisches, nehme ich an –, was mich so weit wieder zu Bewusstsein brachte, dass ich imstande war, die Telefonnummer von uns zu Hause und den Namen meiner Mutter anzugeben.

Der Anruf und die Unterhaltung, die darauf folgte

Als meine Mutter den Anruf entgegennahm, stellte sich bei ihr schlagartig wieder ein, was all die Jahre wie verschüttet gewesen war. Dass E. genau am Tag davor in einem Grab neben anderen Gespenstern auch das Gespenst gefunden hatte, das schuld daran war, dass sie uns so lange nicht richtig wahrgenommen hatte, wusste sie allerdings nicht.

Das entdeckte ich Jahre später, als ich bei der Suche nach einem Rucksack auf eine Kiste voller Fotos und Zeitungsausschnitte stieß, die vom Fund mehrerer Leichen berichteten.

Alle Dörfer ähneln einander, ich brauchte mich jedoch nicht übermäßig anzustrengen, um zu erkennen, dass das Dorf, das hier zu sehen war, das Dorf war, wo ich die Schüsse gehört hatte.

Hatte E. noch andere Leute angerufen? Hatte er ein Rauchzeichen aufsteigen lassen, das besagte: Ich habe sie gefunden?

Das werde ich nie herausfinden, und es ist auch nicht wichtig.

Umso wichtiger war das Verhör, dem ich anschließend unterzogen wurde.

Dabei erzählte ich meiner Mutter nämlich von dem Dorf voller Gespenster, von E.s Anruf und von den Schüssen.

Und auch von S. und den Umschlägen. Von dem falschen Mitteilungsheft. Von den Eisenwarenhandlungen, den Parfümerien, S.' kleinem Doppelgänger, dem Schuleschwänzen und dem Großen Zimmermann.

Irgendwann fing ich an zu weinen, warum, weiß ich selbst nicht, und wo ich schon einmal dabei war, weinte ich mehrere Stunden lang. Meine Mutter umarmte mich und sagte, alles würde gut werden. Mit einer Stimme, die ich noch nie gehört hatte.

Zur gleichen Zeit wurde noch jemand verhört: D.

Was D. dabei sagte, werde ich ebenfalls nie erfahren. Dafür wusste meine Mutter, dass D. zurückkehren würde. So gerissen wie er war, würde er seine Gesprächspartner von seiner Unschuld überzeugen. Und so feige, wie er war, würde er niemals den Mut aufbringen, als Heldengespenst in die Geschichte einzugehen. Er würde freikommen. Sollte er doch verrecken.

XXXI

Als D. mit Dreitagebart, blauen Flecken und mehreren Kilo weniger auf dem Leib wieder nach Hause kam, waren meine Mutter und ich bereits in das, was ich »mein nächstes Leben« nannte, aufgebrochen.

Meine Mutter hatte auf dem Tisch einen Zettel für ihn hinterlassen, auf dem bloß zwei Worte standen, das eine hatte sie von meiner Großmutter, das andere entstammte ihrem eigenen Wortschatz: »Gewissenloser Mistkerl«.

Daneben hatte ich einen Umschlag mit dem während meiner bezahlten Tätigkeit ersparten Geld gelegt. Außerdem enthielt er einen Zettel, auf den ich geschrieben hatte:

»Ich liebe dich.

PS: Das Geld leihe ich dir.«

XXXII

Wir verbrachten die ganze Nacht in einem Bus, der uns, meine Mutter und mich, weit wegbrachte.

Weg von D.

Weg von den Kramp-Produkten.

Weg von den Gespenstern.

Dass so viel auf einmal wegfiel, traf mich tief. So tief, dass ich zweimal versuchte, mir das Leben zu nehmen, indem ich aufhörte zu atmen. Was mir nicht gelang. Dafür begriff ich, mit meinen inzwischen neun Jahren, dass der Selbsterhaltungstrieb größer als ich war.

»Größer als ich« – mit diesen Worten erklärte ich es zwei Klassenkameraden aus meiner neuen Schule. Um sie anschließend aufzufordern, ihr Leben zu beenden. Dafür bräuchten sie sich bloß zu konzentrieren und die Luft anzuhalten.

Ich wollte nicht, dass sie sterben, ich wollte mich bloß vergewissern, dass nicht nur ich nicht genügend Entschlossenheit aufbrachte – mehr als Entschlossenheit war nun einmal nicht nötig, um nicht mehr zu atmen –, sondern alle Angehörigen des Menschengeschlechts. Und das mit dem Vergewissern gelang, denn die beiden überlebten, genau wie ich.

Meine Mutter wurde in die Schule bestellt und erklärte meiner neuen Lehrerin – ich war dabei –, dass sie mein Verhalten bitte entschuldigen möge, ich würde gerade eine schwierige Zeit durchmachen, weil es in der Familie zu einer Trennung gekommen sei.

Ich hätte meiner Mutter und der Lehrerin erklären können, dass zu der Trennung innerhalb unserer Familie noch andere Trennungen kamen: eine geistige (wenn ich mich von meinem neuen Wohnort aus an den Großen Zimmermann wandte, hörte er mich nicht); eine wirtschaftliche (es gab keine Tauschgeschäfte und keine Umschläge mehr für mich); eine berufliche (ich war Reisevertretergehilfin, doch in der Stadt, wo ich jetzt wohnte, gab es nicht *ein* Mitglied unserer Zunft).

Ob sie das begriffen hätten?

Wahrscheinlich nicht, weshalb ich lieber nichts sagte.

Ich beschloss, das Leben seinen Lauf nehmen zu lassen, und es nahm so selbstverständlich seinen Lauf, dass ich im nächsten Jahr einen neuen Vater und bald eine Schwester hatte.

Außerdem kauften wir einen Hund, den wir Schlaks nannten.

XXXIII

Ich ging in die Schule, spielte mit meiner Schwester, führte Schlaks aus und hatte bei alldem noch Zeit, neue Freundschaften zu schließen.

Manchmal blieb mein Blick zwar an einem Türspion oder einer Flasche mit billigem Parfüm hängen, woraufhin mich eine leise Unruhe ergriff, das stimmt. Aber ganz nach Art der buddhistischen Mönche – über deren Gewohnheiten hatte ich eine neue Freundin meiner Mutter sprechen hören – ließ ich solche Momente wie auch die Gedanken, die dabei in mir aufstiegen, einfach vorüberziehen.

Zweimal pro Jahr rief D. an.

»Und, wie geht's, M.?«

»Gut.«

»Wie ist die neue Stadt?«

»Schrecklich.«

»Ich konnte nicht früher anrufen. Hast du von dem Telefondieb gehört?«

»Nein.«

»Das stand doch in der Zeitung. Der hat sich hier sämtliche Telefone unter den Nagel gerissen. Wir waren monatelang von der Außenwelt abgeschnitten.«

(Schweigen.)

»Irgendwann schaue ich mal bei dir vorbei. Das Geschäft läuft schlecht. Die Leute haben inzwischen so viele Schrauben locker, dass ihnen ständig welche rausfallen, der ganze Boden ist voll davon, da braucht natürlich niemand welche zu kaufen.«

(Lachen.)

»Pass auf dich auf, M.«

»Du auch. Tschüs.«

Weder D. noch ich sagten jemals: »Ich vermisse dich.« Und über das, was geschehen war, sprachen wir auch nicht.

Besser so.

XXXIV

Die folgenden Jahre vergingen wie in Zeitlupe. Eins genau wie das andere, man hätte sie zu einem einzigen Tag zusammenfassen können. Um trotzdem irgendwie das Gefühl zu haben, dass die Zeit verstreicht, kaufte ich zu Beginn jedes Jahres einen Kalender, hängte ihn an die Wand, strich die Tage aus und verstaute ihn zuletzt in einer Kiste, die ich unter meinem Bett aufbewahrte.

In dieser Kiste befanden sich auch das Foto, das E. von mir gemacht hatte, und mein Vertreternotizbuch.

Anders gesagt, die Mechanik der Zeit.

Eins.

Zwei.

Drei.

Vier.

In einem Jahr hatte ich keinen Kalender, aber es zählte trotzdem – insgesamt fünf Jahre vergingen so.

Dann sagte ich mir, es reicht, und machte mich bereit für den nächsten Anruf.

Am Sommeranfang des sechsten Jahres klingelte das Telefon.

»Und, wie geht's, M.?«

»Ich komm' dich besuchen.«

(Schweigen.)

»In genau einem Monat, warte auf mich im Bahnhofscafé.«

»Einverstanden.«

»Vergiss nicht, du schuldest mir Geld.«

»Ich weiß.«

In den letzten fünf Jahren hatte ich auch den Hund unseres Nachbarn ausgeführt. Dafür, dass er so verbittert war, zahlte der alte Junggeselle ziemlich gut. Zusammen mit dem Geld, das D. mir schuldete, würde ich ungefähr einen Monat im Hotel übernachten können, schätzte ich.

Die Erlaubnis für die Reise zu bekommen war diesmal kein Problem. Unter dem Einfluss meines neuen Vaters glaubte meine Mutter inzwischen an Buddha. Für nach Unabhängigkeit strebende Republiken hatte sie aber trotzdem noch etwas übrig, weshalb sie mir ihren Rucksack lieh und mich der Leere aller Anfänge anvertraute.

Der Rucksack meiner Mutter

Die noch fehlenden Teile, um das Rätselpuzzle meiner Mutter zu vervollständigen, befanden sich genau hier – in ihrem Rucksack. Diesen Rucksack hatte es schon gegeben, bevor D. aufgetaucht war und bevor es mich gab. Meine Mutter bewahrte darin ein Bündel Briefe, drei Bücher und ein blaues Tuch mit weißen Punkten auf.

Das alles hatte sie von Jaime Andrés Suárez Moncada bekommen.

Und nachdem sie all das von ihm bekommen hatte, war Jaime Andrés Suárez Moncada verschwunden.

Meine Mutter hatte daraufhin angefangen, einen Stern auf ihren Rucksack zu sticken. Wenn sie damit fertig wäre, sagte sie sich, würde Jaime Andrés Suárez Moncada wieder bei ihr vor der Tür stehen und ihr einen Kuss geben. So war es aber nicht gewesen.

In den Jahren danach suchte sie nach Jaime Andrés Suárez Moncada. Doch alles, was sie fand, waren Namenslisten.

Die bewahrte sie in der Außentasche des Rucksacks auf.

Der Rucksack war schwer, und meine Mutter, die ihn ständig mit sich herumtrug, wurde unter dem Gewicht immer krummer.

Die Welt der Gespenster ist genauso klein wie die Welt der Menschen.

Jahre später wurden die Überreste Jaime Andrés Suárez Moncadas von seinem besten Freund, dem Fotografen E., gefunden.

Eine Zeitung - offenbar aus einem anderen Land - berichtete darüber. Jemand schickte meiner Mutter ein Exemplar dieser Zeitung in einem Umschlag ohne Absender zu.

Der Körper von Jaime Andrés Suárez Moncada, ihrer ersten Liebe, wies dreizehn Schusslöcher und mehrere gebrochene Knochen auf.

Als meine Mutter den Bericht gelesen hatte, schloss sie sich mit einer Nadel (derselben Nadel, mit der sie den Stern auf den Rucksack gestickt hatte) und einem Glas schwarzer Tinte im Badezimmer ein.

Sie stach sich dreizehnmal in den Arm, um den Schmerz, den sie in ihrem Inneren empfand, auch äußerlich zu spüren. Dreizehnmal stach sie zu. Mit aller Kraft.

Als ich sie später fragte, was das für schwarze Punkte seien, sagte sie, das wisse sie selbst nicht. An jenem Morgen habe sie beim Aufwachen unversehens ein schwarzes Sternbild auf ihrem linken Arm vorgefunden.

Meine Mutter erzählt vielleicht Geschichten, sagte ich mir.

Meine Mutter, die in der Nacht wieder geweint hatte.

XXXV

Genau einen Monat nach unserem Telefonat erwartete D. mich am Bahnsteig.

Statt uns zu umarmen, klopften wir uns gegenseitig auf den Rücken wie alte Schulkameraden.

Derselbe Anzug.

Dasselbe Köfferchen.

Den R4 gab es allerdings nicht mehr.

Weshalb wir mit dem Bus zu D.s neuem Zuhause fuhren, einer winzigen, sehr aufgeräumten Dachwohnung. Alles war so ordentlich, dass ich das Gefühl hatte, mich im Inneren einer Uhr zu befinden. Einer Uhr, die sich jedoch nicht im Uhrzeigersinn drehte. Während D. hier den Begrüßungskaffee zubereitete, kam er mir vor wie jemand, der von der Zeit gewissermaßen ausgeklammert worden war.

In dieser Zeitblase fühlte ich mich so wohl, dass ich schon bald anfing, meine Sachen auf seinem Schreibtisch auszubreiten und das Sofa auszumessen, um herauszufinden, ob es groß genug für meinen Körper einer Vierzehnjährigen war.

»Nur eine Woche«, sagte D.

»Ich habe Geld für einen ganzen Monat, und wenn ich hier auf dem Sofa schlafe, kann ich die Hotelkosten sparen.«

»Zwei Wochen, und keinen Tag mehr.«

»Dann schlafe ich im Bett und du auf dem Sofa.«

Während der nächsten Tage versuchten wir, unsere frühere Lebensweise wiederaufzunehmen.

Da uns kein R4 mehr zur Verfügung stand, nahmen wir den Bus oder den Zug. Als wir einmal, umgeben von anderen Reisenden, an einem Bahnhof standen und warteten, fiel mir plötzlich auf, dass etwas an uns seltsam war.

Die übertrieben blank geputzten Schuhe, die früher eine Art Glaubensbekenntnis dargestellt hatten – sie kündeten von der Möglichkeit, dass auch wir eines Tages auf dem Mond umherspazieren würden –, schienen mir plötzlich nur noch dem Zweck zu dienen, von unserer abgetragenen Kleidung abzulenken. Was auch für das neue T-Shirt und das Halstuch galt, die ich eigens zu diesem Anlass angezogen hatte.

Es gab zwei Möglichkeiten:

1. Die Armut war uns schon immer anzusehen gewesen, ich hatte es bloß nicht bemerkt.
2. Etwas hatte sich verändert.

Wie auch immer, auf einmal ging ein Riss durch meine Kindheitserinnerungen. Krack. Und ich fing an, den Großen Zimmermann zu hassen, aber nicht wegen der Wirklichkeit, sondern wegen dieser Offenbarung, die mich auf unangenehme und mir bis dahin unbekannte Weise mit Scham erfüllte. Die Blicke der anderen – wussten sie Bescheid? Ahnten sie, wie knapp wir bei Kasse waren?

Zum ersten Mal nahm ich die Menschen um mich herum genau wahr, und sie kamen mir riesengroß vor.

Beziehungsweise, wie sich mir beim Nachdenken über diesen so unvorteilhaften Größenunterschied in einer weiteren Offenbarung enthüllte, waren D. und ich dabei, zu verschwinden.

Die Reisenden um uns herum warteten, verabschiedeten sich voneinander oder machten sich auf den Weg zu ihren parkenden Autos.

D. und ich dagegen standen reglos da und verloren zunächst alle Farben, dann zerflossen unsere Umrisse. Zuletzt verwandelten wir uns in Rauchringe, die in den Himmel über der Stadt aufstiegen und sich auflösten.

Zurück auf dem Bahnsteig blieben D.s Köfferchen und mein Rucksack.

Jahre vergingen, Jahrhunderte. Der Ort blieb derselbe, aber ringsherum veränderte sich alles – wo früher der Bahnhof und die Stadt gewesen waren, gab es jetzt bloß noch eine öde Ansammlung von Containern.

Nur das Köfferchen und der Rucksack standen immer noch da, von den anderen mit Papiergirlanden bekränzt.

Uns beide gab es schon lange nicht mehr, doch anders als ich gedacht hatte, tat das Verschwinden kein bisschen weh.

Man löst sich in Rauch auf. Und was die Künftigen mit dem Rest anstellen, bleibt ganz ihnen überlassen.

Ich hatte einen der Mechanismen unseres Daseins begriffen. Und wäre noch weiter gelangt, hätte D. mich in diesem Augenblick nicht darauf hingewiesen, dass unser Zug eingetroffen war.

Zwei Stunden später hatten wir unser Ziel erreicht.

Zuerst steuerten wir das örtliche Café an. Irgendwelche anderen Vertreter waren dort nicht zu sehen, niemand kam auf uns zu und begrüßte uns, weshalb wir uns umgehend auf den Weg zur nächstgelegenen Eisenwarenhandlung machten.

Diese neue Einsamkeit begleitete uns auch an den folgenden Tagen und sorgte dafür, dass das Bild von der Containerwüste zurückkehrte und mich aus dem Inneren der vor mir stehenden Kaffeetassen anstarrte. Ich rührte mit dem Löffel um und ließ es verschwinden.

XXXVI

Wir machten weiter – ein Dorf pro Tag. Nur stimmten das Bild der Wirklichkeit, das ich in meiner Erinnerung mit mir herumtrug, und die Landschaft, durch die ich mich bewegte, irgendwie nicht überein.

Anfangs betrat ich die Eisenwarenhandlungen an D.s Seite, mein Körper erwies sich jetzt aber als zu groß, um erneut den Platz der früher von ihm dargestellten Figur einnehmen zu können. Dass meine Arme und Beine im Lauf der vergangenen Jahre mehrere Zentimeter länger geworden waren, machte mich für die Verkäufer unsichtbar.

Ich verwünschte den Großen Zimmermann. Er, der dafür sorgte, dass Zwerge und Ponys ein Leben lang klein blieben, hätte dasselbe auch in meinem Fall bewirken können. Hatte er aber nicht, was meine gesamten Pläne über den Haufen warf.

Jetzt hieß es erst einmal nachdenken. Weshalb ich beschloss, D. vorläufig nicht weiter in die Läden zu begleiten, sondern draußen auf ihn zu warten.

Als ich ihn bat, mir den aktuellen Kramp-Katalog auszuhändigen, damit ich mich auf den neuesten Stand bringen könne, erwiderte er, die Firma drucke keine Kataloge mehr. Das Wenige, was er verkaufe, präsentiere er aus dem Gedächtnis. So drückte er sich jedenfalls aus.

Da begriff ich, dass die Lage ernster war, als ich angenommen hatte, und entschied mich, unsere gemeinsame Reise lieber zu beenden, bevor sich unter mir der Boden auftat.

Manche meiner Erinnerungen hatten sich noch nicht mit der neuen Wirklichkeit vermischt, und um sie zu retten, verabschiedete ich mich von D., indem ich ihm diesmal nicht nur auf den Rücken klopfte, sondern ihn auch umarmte und ihm einen Kuss gab.

Eine Woche und etwas Geld hatte ich noch, also rief ich S. an.

XXXVII

Schon eine Querstraße vor dem Café, in dem wir verabredet waren, drückte S. zur Begrüßung auf die Hupe. Ich sprang auf, lief hinaus und vergaß in meiner Wiedersehensfreude völlig, die Kaffees zu bezahlen, die ich in der Wartezeit getrunken hatte.

»*Du* bist ja groß geworden! So bist du zu nichts mehr zu gebrauchen. Ich freue mich aber trotzdem, dich wiederzusehen.«

S. umarmte mich fest, und ich atmete wieder den unverwechselbaren Geruch nach Alkohol und billigem Duftwasser ein, den ich all die Zeit unter meinen liebsten Erinnerungen aufbewahrt hatte.

»Wie ich gehört habe, hast du in den letzten Jahren ständig hungern müssen. Darum habe ich dir ein ordentliches Käsebrot mitgebracht. Habe ich selbst geschmiert.«

An den Geschmack der Sachen, die man an der Landstraße kaufen konnte, erinnerte ich mich genau. Deshalb merkte ich beim ersten Bissen, dass S. noch immer ein eingefleischter Lügner war – das Brot war genauso hart und trocken, wie ich es in Erinnerung hatte. Ein erstes Stück meiner verlorenen Vergangenheit war zurückgewonnen.

Zur Feier unseres Wiedersehens öffnete S. das Handschuhfach. Darin befand sich die altbekannte kleine Whiskyflasche.

Er bot mir einen Schluck an, und ich nahm die Flasche dankbar entgegen. Der Alkohol brannte in der Kehle, tat aber gut. Als ich die Flasche zurücklegen wollte, entdeckte ich den Revolver. Ich hatte noch nie einen in der Hand gehalten, weshalb ich ihn vorsichtig herausnahm.

»Peng!«, rief S. Spinnst du? Eine geladene Waffe ist doch kein Spielzeug! Hätte ich am liebsten erwidert. Aber obwohl unsere letzte Begegnung schon so lange zurücklag, empfand ich immer noch großen Respekt vor S.

»Wozu hast du den?«

»Um mich umzubringen.«

»Red' keinen Quatsch.«

»Im Ernst. Den lasse ich da, ich möchte selbst entscheiden können, wenn es so weit ist.«

Wie er erklärte, lief das Geschäft sehr schlecht. Die Scheißbesitzer von diesen Einkaufsketten, diese Arschlöcher, waren dabei, sämtliche kleinen und mittelgroßen Geschäfte zu schlucken. Und wenn sie damit fertig wären, gäbe es keine Eisenwarenhandlungen und Parfümerien und Apotheken und Kleidergeschäfte mehr, und dann bräuchte natürlich auch niemand mehr irgendwelche Reisevertreter.

Deshalb hatten er und seine Zunftgenossen gemeinsam eine ganze Ladung Revolver erworben. Weil sie ihm alle auf einmal abgenommen hatten, hatte der Besitzer der Waffenhandlung – ein ehemaliger Militärpolizist – ihnen einen guten Preis gemacht. An dem Tag, an dem das letzte Geschäft schloss, würden sämtliche Vertreter gleichzeitig den Abzug drücken.

»Hat D. auch einen?«

»Wir haben alle einen.«

Ich hätte sagen können, er sei ja verrückt. Sie seien alle völlig verrückt. Stattdessen sagte ich:

»Verstehe.«

In den Tagen darauf fuhren wir immer weiter nach Süden. Die Hotels, in denen wir abstiegen, waren so schäbig und unbequem, dass wir genauso gut unter freiem Himmel hätten übernachten können.

Weil es an allen Ecken und Enden fehlte, brachten wir nur eine bescheidene Kopie unserer einstigen Aufführungen zustande. Ich blieb also reglos im Auto sitzen, und S. erklärte den Parfümeriebesitzern, dass die Gestalt, die sie dort drüben in seinem Auto sähen, seine querschnittsgelähmte Nichte sei, um die er sich seit neuestem kümmere.

»Erinnerst du dich noch an den Türken?«, fragte er, als wir an dessen Laden vorbeifuhren.

»Bei dem die Vertreterbesuche immer mindestens drei Tage dauerten?«

»Genau.«

»Was ist denn mit ihm?«

»Er hat eine neue Sekretärin eingestellt, die vergibt bloß noch Termine für maximal eine Stunde. Wie soll man denn da einen Waggon vollbekommen, mit welchem Scheiß auch immer?«

»Hm ...«

»Jedenfalls verkaufen wir der Türkenschwuchtel deshalb nichts mehr.«

Am Ende unserer gemeinsamen Reisewoche verabschiedete ich mich mit einer erneuten Umarmung von S. Als er sich vom

Bahnhof entfernte, sah ich ihm hinterher, bis er nur noch ein winziger Punkt war, wie ein Bild, das man im Kopf hat, auf das man aber trotz aller Anstrengung nicht scharfstellen kann.

XXXVIII

Bei der Rückkehr nach Hause empfand ich eine Leere, die so groß war wie der Rucksack meiner Mutter. Um sie mir irgendwie zu erklären, gab ich dem Geld, das ich nicht hatte eintreiben können, die Schuld. Seinetwegen war ich durchs halbe Land gereist und trotzdem unverrichteter Dinge zurückgekommen. Hinter diesem Scheitern verbarg sich ein weiteres Scheitern, das ich jedoch noch nicht benennen konnte.

Ich nahm mein gewohntes Leben wieder auf: die Schule, die Hunde, meine Mutter, mein neuer Vater, meine Schwester.

Die anderen. In den vergangenen zwei Wochen waren sie mehrere Zentimeter gewachsen, während ich um ebenso viele Zentimeter geschrumpft war. Ihnen schien das nicht aufzufallen, mir dagegen sehr wohl. Die Lösung, wenn ich mir dessen bewusst wurde, bestand jedes Mal darin, unter dem erstbesten Vorwand meine Schwester oder meine Mutter zu umarmen.

Ich wollte nicht verschwinden. Also klammerte ich mich an die Erde.

XXXIX

Die Monate vergingen, aber die Leere blieb. Um sie zu überdecken, bemühte ich mich, ein guter Mensch zu sein. Die schlechten Menschen, die ich so liebte, schossen sich womöglich genau in diesem Augenblick eine Kugel in den Kopf – unter diesen Umständen war klar, dass ich, falls ich überleben wollte, die Seiten wechseln musste.

Meine Noten und mein Benehmen besserten sich, ich verbrachte mehr Zeit mit meiner Schwester, und manchmal machte ich beim Mittagessen bei uns zu Hause sogar eine witzige Bemerkung. Ausgezeichnet.

Der nächste Schritt sollte darin bestehen, dass ich eigenhändig eine Hundehütte baute. Das nötige Material würde ich selbst beschaffen.

Ist es gut, zu wissen, wie die Dinge ineinandergreifen? Ihren Mechanismus zu kennen?

Ich weiß es bis heute nicht. Ich weiß bloß, dass ich in eine Eisenwarenhandlung ging und mir zwanzig Kramp-Zwölf-Millimeter-Nägel und einen Kramp-Hammer geben lassen wollte. Der Verkäufer klärte mich jedoch darüber auf, dass sie schon seit Jahren keine Kramp-Produkte mehr verkauften. Das Unternehmen habe vor drei, vielleicht auch vier Jahren, genau wusste er es nicht, seine hiesige Niederlassung geschlossen.

Er fing an, alle möglichen anderen Marken aufzuzählen, aber ich nahm sie nur wie ein fernes Rauschen wahr. Wie Meeresrauschen, sagte ich mir irgendwann und bat um ein paar Bretter. Falls ich imstande war, ihr Gewicht zu spüren und die ganze Last allein nach Hause zu tragen, bewies das, dass ich immer noch ein Mensch und am Leben war.

Ich weiß noch genau, dass der Abendwind mir auf dem Rückweg immer wieder von links eine Strähne ins Gesicht blies. Mehrmals schob ich sie zur Seite, schließlich gab ich es auf.

Zu Hause angekommen, ging ich auf geradem Weg in den Hof. Dort legte ich die Bretter ab, setzte mich auf den Boden, lehnte mich mit dem Rücken an die Mauer und starrte in den Raum, der meinen Körper von unserem Haus trennte. Wie viel Wind war hier schon hindurchgestrichen? Seit wie viel Millionen Jahren gab es diesen Zwischenraum?

Irgendwann ging ich rein, sagte zu meiner Mutter, heute würde ich nicht zu Abend essen, und begab mich schnurstracks in mein Zimmer.

XL

Nur wenige Monate davor hatte ich an D.s Seite versucht, etwas zu verkaufen, was es gar nicht mehr gab, anders ausgedrückt: D. hatte mich belogen.

Wut empfand ich deswegen nicht.

Stattdessen musste ich daran denken, wie oft D. gesagt hatte, dass ein zu achtzig Prozent aus Kramp-Produkten errichtetes Haus bei einem Erdbeben oder Wirbelsturm nahezu unmöglich einstürzen könne – mein Fall gehörte demnach zu den so seltenen Fällen, für die diese Unmöglichkeit unglücklicherweise nicht galt.

Denn es hatte ein Erdbeben gegeben, den gefürchteten schweren Wirbelsturm, und meine zu fünfundneunzig Prozent aus Kramp-Produkten errichtete Konstruktion war in sich zusammengefallen wie ein Kartenhaus.

Ich empfand keine Wut, sondern eine Leere, die die Form eines Lochs annahm. Das genau in das Loch passte, das ich, warum auch immer, seit dem Besuch bei D. mit mir herumschleppte. Jetzt wusste ich, warum.

Ich machte mich bereit für den nächsten Anruf. Ich wusste, dass D. ein geregeltes Leben führte und, sobald der Dezember anfing, beim Blick in seinen Terminkalender einen Eintrag vorfinden würde, den er selbst zu Beginn des Jahres dort hinterlassen hatte: »M. anrufen.«

Am 1. Dezember klingelte abends um sieben das Telefon.

Ich war zu müde, um mir etwas Originelles einfallen zu lassen, weshalb ich haargenau das Gleiche sagte wie bei unserem letzten Telefonat. Ich würde in genau einem Monat am Bahnhof ankommen.

Ähnlich müde antwortete D., er werde dort auf mich warten.

XLI

Ich packte nur wenig Kleidung in den Rucksack, es war Sommer, und etwas sagte mir, dass die Reise nicht lange dauern werde.

Als ich aus dem Zug stieg, erwartete D. mich schon. Wie ich feststellte, hatte er trotz der Hitze Wintersachen an.

Wir fuhren in seine Wohnung, um Kaffee zu trinken.

Gerne hätte ich ihn gefragt, warum er beim letzten Mal nichts davon gesagt hatte, dass die Kramp-Produkte vom Markt verschwunden waren, dass er eine Pistole besaß und dass er mir noch Geld schuldete.

Stattdessen zündete ich mir eine Zigarette an und sagte, der Kaffee schmecke hervorragend.

Als hätten wir es eilig, nahmen wir noch vor dem Mittag einen Bus Richtung Süden, stiegen aber gleich im ersten Dorf auf der Strecke wieder aus.

Ich sagte zu D., dass ich nicht mit ihm in die Eisenwarenhandlung gehen würde, dass ich nur gekommen sei, um ihm Gesellschaft zu leisten, und dass ich auf der Plaza auf ihn warten würde. Ich hatte ein Buch mitgenommen, *Gullivers Reisen.*

Das Köfferchen in der einen Hand, machte D. sich auf den Weg, um seine nichtexistierenden Waren an den Mann zu bringen. Von weitem machte auch die Eisenwarenhandlung auf mich den Eindruck, als gäbe es sie in Wirklichkeit gar nicht.

Eine halbe Stunde später kehrte D. zurück und ließ sich neben mir nieder.

»Und, wie war's?«

»Ich habe zweihundert Türspione verkauft und mir das Geld für neunzig schon gelieferte Fuchsschwänze auszahlen lassen.«

Eine Zeitlang schwiegen wir. Bis ich plötzlich den Maulbeerbaum entdeckte und begriff, dass wir uns auf dem Platz befanden, wo ich vor vielen Jahren vor Angst ohnmächtig geworden war.

Wir zündeten uns beide eine Zigarette an, später noch eine.

Stundenlang – mir kam es wie Jahre vor – saßen D. und ich schweigend da.

»Behalt es.«

»Was denn?«

»Das Geld.«

Kaum hatte ich das gesagt, war mir klar, dass ich dabei war, mich zu verabschieden.

Durch einen Eisenwaren-Katalog – Nägel, Hämmer, Türspione, Schrauben – waren wir eng verbunden gewesen. Doch diesen Katalog gab es nicht mehr.

Die Dinge liefen nach einem Mechanismus ab, den wir nicht aufhalten konnten.

Am Himmel erschien der Abendstern.

Vor abermillionen Jahren hatte sich an ebendiesem Himmel der Urknall ereignet. Seitdem entfernte sich alles voneinander und würde es auch unaufhaltsam weiter tun.

Den abnehmenden Mond dort oben hatte Neil Armstrong vor Jahren als erster Mensch betreten. Der Mond war immer noch derselbe, andere Dinge hatten sich jedoch für immer verändert.

Mein Vater brachte mich zu dem Bahnhof zurück, wo ich am Morgen angekommen war. Dort verabschiedeten wir uns im Wissen, dass wir uns nicht wiedersehen würden.

Seltsam pünktlich setzte der Zug sich in Bewegung.

Ich lehnte den Kopf ans Fenster.

Und schlief ein.

MARÍA JOSÉ FERRADA, geboren 1977 in Chile, ist Journalistin und Autorin. Sie hat über dreißig Kinderbücher verfasst, die in viele Sprachen übersetzt wurden. »Kramp« ist ihr erster Roman und ihre erste Veröffentlichung auf Deutsch. Sie lebt in Santiago.

PETER KULTZEN, 1962 in Hamburg geboren, übersetzt aus dem Spanischen und Portugiesischen. 1994 und 2011 erhielt er den Übersetzerpreis der Botschaft von Spanien. Für Berenberg hat er Werke u. a. von Héctor Abad, María Sonia Cristoff und Vicente Valero übertragen. Er lebt in Berlin.

Die Originalausgabe erschien 2017 unter dem Titel *Kramp* bei Emecé, Santiago de Chile.

KONZEPTION | GESTALTUNG: Antje Haack | www.lichten.com
SATZ | HERSTELLUNG: Büro für Gedrucktes, Beate Zimmermanns
REPRODUKTION: Frische Grafik, Hamburg
DRUCK | BINDUNG: Beltz Grafische Betriebe, Bad Langensalza
Printed in Germany
ISBN 978-3-949203-08-4